CKOY《こい》する世界

男心と秋の空

巫山戯瑠奈
Fuzaké Luna

幻冬舎
MC

CKOY《こい》する世界

男心と秋の空

目次

一、水面に振《ふ》ゆ

1　迷い

２００２年　秋

・悟り

私は今まで何をしていたのか。自らの過失、いや過失というレベルで論ずることはできない。厳格な基準に立つならば私の精神は錯誤の状態にあった。ここに私の辿り着いた真実を記しておく。願わくばこれが真実であってほしい。そしてこの規範がマクロ／ミクロに妥当することを信じて疑わない。

命題

１、人間のエネルギーは有限である

２、人間は一度に多くのものに集中することはできない

３、メソッドの効率化によって余剰エネルギーを持てる

４、余剰エネルギーは魅力に転化される

私の終局は神知である。神知のためには他の全てを捨ててよいのか？　私は外見的魅力

を捨て去ることはできない。これは捨てるべきなのか？　それを捨てることは余剰エネルギーに転化された知性の獲得を惹き起こす。神知とは何だ？　そのような必要があるのか？　理性による感情性の否定は望むところではないはずだ。しかし私は論理によって終局に導かれようとしている。この二律背反は私の解決すべき問題なのか？　人間が人間たるのはこのおかげであると思う。解決してしまうことは私の人間としての力を否定することである。私は神になろうとしているのか。なれない。しかし、神に近づくことができる？　神になることはできない。感性に生きるべきか？　論理に生きるべきか？　私はこの答えを探している。もはやこの時点で論理に生きているのだ。その通りだ。論理に生きるか。ある一定の年齢までは論理に生きよう。そしてその後は感性に生きよう。あきるほど考えた後あきるほど思考停止しよう。中心は？　国際政治にするか。ギターを捨てろと？　ギターを捨てるか外見的魅力を捨てるか。

おそらく国際政治をしている限りいつもつきまとう二律背反。二律背反の精神が私をむしばむ限り満足はすまい。最も望ましい事はあらゆるものの基盤を機能的に導きそれに立脚して万物を統べる。それが望ましい。私はまだこの夢を捨てることはできない。

・思考様式における閃光

内面にとどまることのないエネルギーの指向を生産的な方向へ確定させることが必須で

ある。生産性とは何か。それはすなわち内面の充足とそれを補完する外部的要因の獲得である。内部的充足なくして普遍性を求めることは私にとって内面的充足に必要なエネルギーを奪う。それは本来の基盤である内面的充足を失うことに他ならない。しかし内部的充足にのみ特化し外部的充足を求めないという状態は、社会に生き社会に死す人間であるところ、不可能である。仮にそのような指向性を有したにしろ、内面的充足の根拠が直接的には外部的充足に依存している以上、そこには耐え難い矛盾が生じざるを得ない。矛盾を内包することはそれ自体が非生産性の温床であるところ、その解消こそ第一目的とするべきと考える。そこで、私が持つべき矜持となるであろう要素を挙げ、私の求めるものを明らかにし、それに対して最も効率的な方法を選択できるよう模索する。その要素それぞれに対し、現象学的換言及びニーチェ的価値の顛倒を用いて、その本質たるものを明らかにしたい。

内	外
・ギター	・人間的衝突の回避
・勉強	・人間的信頼関係の醸成
・研究	・外見的魅力の確保

内面的な力を外部に解放することは価値の転倒の余地を与えないフィールドに限定しなければならない。ギター、勉学、研究……内面にとどまる限りは絶対に自由。相手を否定

するゼロサムゲームではなく、より高次の力を持つために、真理探究に対する圧倒的力量の差を上記のような限られたフィールドにおいて示し、相手のそのフィールドにおける戦意を失わせ、自発的な価値顚倒を行わせることによって外部的充足を求める外部への攻撃的なエネルギーを指向させ、後の先を取ることによってさらなる力量の差を認識させることによって有益にこそすれ無害である社会的な認識を構築させるのである。この過程において、私のエネルギーは自らの力を高めることにほとんどが費やされ、さらに専守防衛を貫くことによって攻撃に対する報復は社会的に正当化される。人間の力は有限である。しかし社会の力は相対的に無限と考えてよい。従ってそれを利用することを第二目的とする。否定しないことは肯定することではない。

私は思う。普遍性=価値中立である、と。それを全うするためには、やはりこちらから攻め込むことはできない。攻め込んで勝って充足されるのは社会的な充足であって、その充足は普遍性を持たず、価値の移り変わりのはげしい現代において破綻するものと見なさざるを得ない。ならば、内面的膨張のためにエネルギーを指向すればよい。内面にとどまる限り絶対なのだ。要素ではなくメソッドを矜持とするのである。メソッドとは論理である。論理のためには、思考様式をそのように確定しておかなければならない。interculturalな研究のためには、成長率を確保しておく必要がある。内面的絶対を理想とする理想主義と現実的相対的絶対を実現する現実主義は矛盾するものではなく本質においては同じものなのである。

・思う cogito

理論に生きることを決めた私に再び転期が訪れた。人間はやはり動物である。動物である以上は本能として持っている様々な欲が存在する。人間はその欲に対して論理で戦いをいどむ存在なのだ。しかし、本能を抑えた研鑽は生産性に欠ける。しかし本能を放つことは個人の生産性に寄与するものではあろうが社会的生物であるところの人間としての生産性、ひらたくいえば社会的生産性と相反するものではあってはならないのである。要するに、不可到達の理論の追求と現実の充足は矛盾するのかどうなのか。矛盾しなければ享受するつもりである。根本的矛盾が存在するのであれば、過去何度か行ったように消滅を期して憎みそして克服することにする。さて、矛盾するのか？　人間は社会的現実を判断のもとにすることを無意識に行うものである。人間であることを捨てるのでないならば、身辺中の現実を無視することは完全に不可能である。言葉を弄するのではなくデメリットとメリットを明確にし、利益衡量しよう。

現実　自らの理論を実践するのはどうあがいても現実世界である。社会的地位の獲得等を期することも考えればやはり望むべきでは？　現実の幸せを享受するとしても精神世界における幸せを放棄することにはならないだろう。しかし完全に精神世界における幸せに特化することはできない。それは、確固たる証明が得られないからである。しかし現実世界における幸せの証明には限界がある。ということは、現実世界で証明が得られるレベルを見極めそれを現実世界におけるエネルギーレベルとして維持し、残りを不可到達不可観測の領域に費やすのだ。それが最も生産的であるように思える。人間たる生物として何かを見ようとするというスタンスに立つなら。内面にとどまらないことは必要である。どこまで外部に出すのか、それは外部存在を内面にひき入れることによって達せられよう。外面に出すのは自らの研究成果、そして外部存在をひきつけるだけのエネルギーでよい。

内面　内面の論理性を担保するための手段を確立することを目的とする。同時に、それはその方向に生産的であり得た。しかしそれが望めないのであればある程度自己加害の度合いが強くとも享受すべきなのだろう。まず身の回りのものから考察していくこととする。

neutralはcritical

コミュニティにおける個人的能力の逸脱による疎外における解決法についての考察。現状分析・コミュニティにおける噂に対する考察。メソッドを共有しない者に対する排除作用の発生→排除を受容し解消することは可能か。コミュニティとしての一体感を疎外する者としての存在は排除される。しかし普遍的な価値観においてはコミュニティに属することは人脈の形成が主たる目的であった。ミクロとマクロの融合こそ真理である。表層的に食い違っていることは受容されない。アメリカ的能力を補佐的なものとして発揮するだけの主を探す旅である。それは私自身であることは可能か。不可能ではあるまい。自らを批判的に分析することは重要である。しかし、それはあらゆるoutputを阻害するものである。やはりoutputは最低限確保されていなければならない。優れている者への畏怖ではなく団結による集団的暴力。これは回避できる。自我を持つことによってのみ。

私を排除する集団を崩壊させることを望むことはその時点で自己がミクロ的視点にとらわれているのである。全てを受け流すことが自我の確立を担保する。neutralはcriticalである。自我に対する挑戦は表層的methodに対する挑戦であって、それは集団的methodに対する挑戦に他ならない。自我の確立を最優先事項とする限り、協調という概念は一つの選択の、しかも即時的なtemporalな状態に過ぎない。大衆は創造力に乏しい。

エリートとしての自覚が民衆疎外関係の原因となる。エリート意識の共有すなわち確固たる自我を持つ者としての相互認識を持てる者が真の共闘者としての能力を有する。私はあらゆる視点を有する分析を行う。それは人格にとって不用な名誉というものを有することなく多大な影響能力を発揮することができるのである。私の求める力は広く深くである。人的なバリエーションが伴わない学問は容易に征服することができよう。現実的な価値は副次的なものに過ぎない。

真の力とは　対象全てを包み込む愛が必要である

↓
まず前提として、マクロ的に内向の力でなければならない。
そこで発生する危険性はミクロ的内向の力に転換してしまう可能性があることである。それに対抗する外向の力を発生させることが必要だがマクロ的な領域を飛び出し他の人格の領域への侵入を試みるようになってしまうことは防がねばならない。
↓
従って、自己人格的マクロ領域の地平線を維持する柔軟性に富む均衡を維持することが必要だった。

2　絶対ポテンシャル重力理論

La théorie de la Gravité Potentielle Absolue

空間×時間＝重力場＝ロー

質量×力＝量子場＝ハイ

空間・時間・質量・力の象限を統裁帰一する定数ξ＝原点ξによる一夫多妻?・＝超ヒモ理論の着想の起点

重力場と量子場の性質を包含する定数ξ、波動と粒子の性質を併せ持つ光Φ。

光速＝宇宙最速が相対性理論の大前提、ならばξの量子重力理論においては定数ξは速度0を前提とするべき。場がベクトルを持った場合に逆に進行する、絶対ポテンシャル一定であるξ（囲碁で言う初手天元、天体運行で言う北極星）。

これをLa théorie de la Gravité Potentielle Absolue＝ＧＰＡ（絶対ポテンシャル重力理論）と名付ける。

やはり、各象限の事象が計算式に基づいて機能するためには、原点を事象の特異点として定点化する必要がある。

ここで、事象の特異点ξを定義する。
空間系：空間の重力均衡点／時間系：時間軸上の定点／質量系：質量の発生点／量子系：観測者
すなわち
重力場におけるξ：経年劣化しない重心／量子場におけるξ：王位継承権者
よって量子重力理論たる我がＧＰＡにおける特異点ξは、ξ＝permanent prince of the Global Principality of Arm-anaとなる。
次に、特殊演算子〝刀〟を導出しよう。
まず重力場と量子場という両物理系に同時に存在し本質を変容させながら両物理系を繋ぎあるいは切り離す定数としてＧＰＡξが定義されているわけだが、ＧＰＡξが定義に沿って機能するためには場のベクトルに対抗する事の出来る重力発生器にして事象系干渉装置でもある特殊演算子が必要となる。
我がＧＰＡ理論においては不可欠な演算子。ξはこれを演算子〝刀〟と名付けた。
刀は抜刀状態では物理的な影響力が本質である重力場（古典物理学）の現象であるが、納刀状態では可能性が本質となる量子場（現代物理学）の現象である。ＧＰＡξが重力場にいる時は演算子〝刀〟を納刀・量子場にいる時は演算子〝刀〟を抜刀する事により、ξ＋刀の絶対ポテンシャル重力は恒常的に担保される。

なお〝刀〟は重力場＝ローと量子場＝ハイで表相を異にし、ロー＝重力場では違法な武器演算子として、ハイ＝量子場では適法な芸術演算子として扱われる。

結論：ＧＰＡξ＋刀＝私の原点。

解説：ＧＰＡ（絶対ポテンシャル重力理論）というネーミングは、「重力場が量子を帯びる」という量子重力理論の仮定条件からインスピレーションを得た（と推定される）。

私見ではこの宇宙は４＋１＋４＝９次元である。人間原理は４と４に挟まれたミドル１次元でのみ有効な観念であり、また宇宙全体を観測者の視点のみで語るのは誤りだ。

ξのＧＰＡ理論は既存の学術論理を統合する視座を提供するが、物理現象として実験で確認する事は出来ないかもしれず、政治力学的実験で宇宙物理を解明する事は理論的には可能であっても、まだ仮説の域を出ない。ξによる世界政府的思想統一はＧＰＡの理論的な正しさを証明するが、物理現象の本格的実験はこれからである。

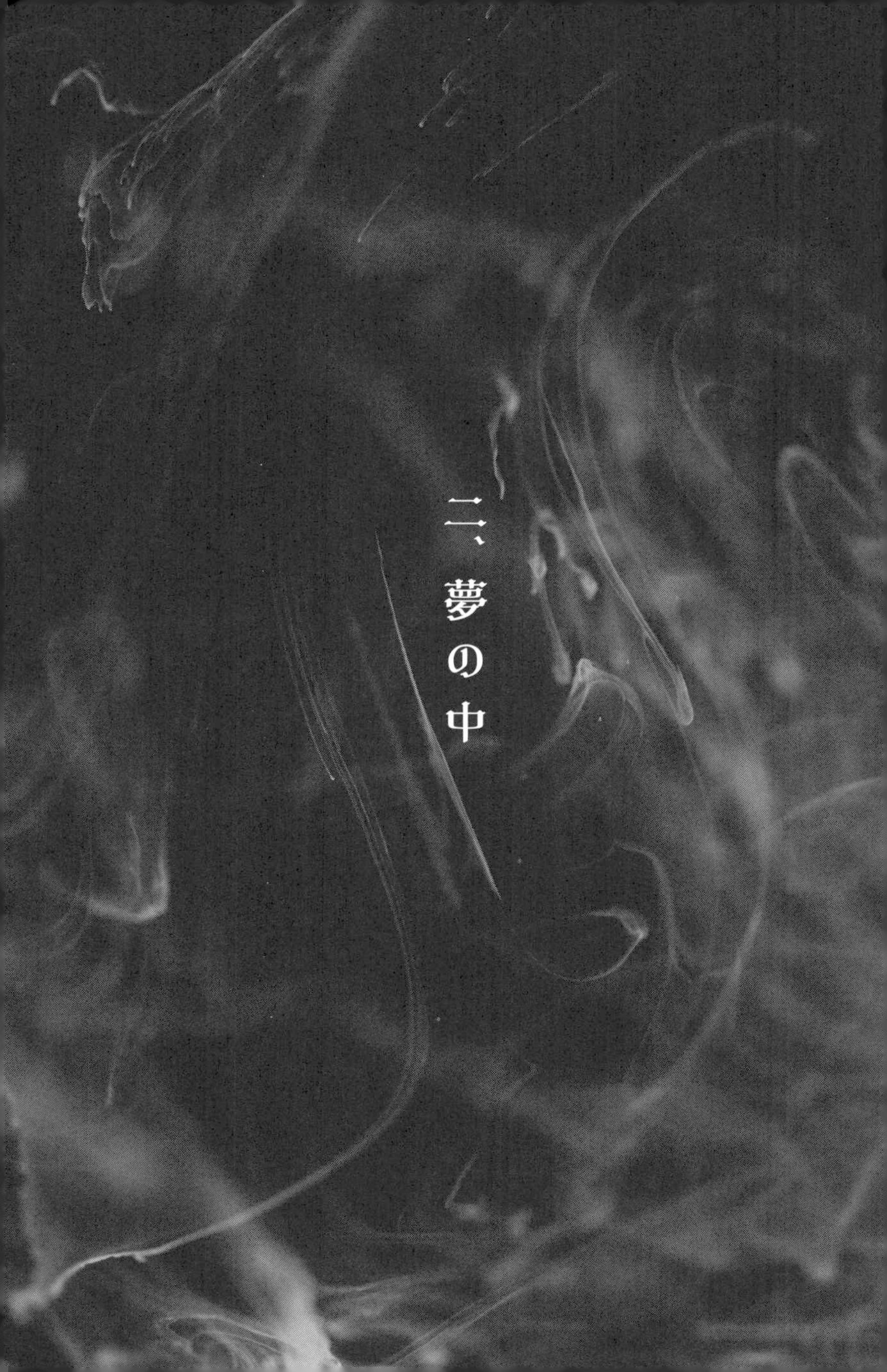

二、夢の中

２００８年
12月24日
談話
無政府的イスラム共産社会主義民主人民共和帝国連邦（通称冬月共和国）反政治組織国家社会主義大和労働者党役員会は本日、日本国政府及び観念的総体としての日本人に対し、相互治外法権・限定的相互関税自主権及び最恵国待遇及びその恒久化を求め、無制限平和的生存権行使という最も恐るべき政治的暴挙に訴える事を、凡そあらゆる叡智を結集し史上最も生産性を追求したと言わざるを得ない永きに渡る徹底的な討論を経て、オブザーバーを含めた全役員による全会一致により可決・承認した。
なおこの決定は日本人及び日本国以外には原則として適用されず、また日本国が選挙などを通じて我が党に政権を付託する事を積極的に妨げるものではないが、党役員会により日本人認定された事象に対する合目的的私心なき軍事力行使を妨げるものではない。悠久なる時の流れに埋ずもれし一介の刀遣い達の心の安息のために。

12月29日
念話脱構築方法

そもそも念話で交わされる会話内容は、基本的に客観的事実に基づかない状況証拠を積み上げた単なる暇潰しである。客観的事実を積み上げる事が政治的制度手続保障の本質たるプロセスの要諦であるとすれば、一定の客観的事実を元に相手に自己の欲望を投影し劣情をぶちこみ社会通念上認められない類の結論を急ぐ念話に暇潰し以上の政治的意味を見出すような思考様式は、人権享有主体としての適格性を醸成する悪しき温床として平和的生存権・秩序保全・及び戦争抑止を始めとしたおよそあらゆる政治合理によってまず否定されなければならない（補足意見・念話の無駄遣いは全面核戦争を抑止するために念話を活用することをおよそ不可能にする。従って、国際政治において核戦争抑止に関わる全ての者は、念話をコントロールできなければならない）。

念話をやり過ごすためには念話では完全に脱構築できないような物理現象による補完が欠かせないが、その物理現象が新たな念話の温床になる事に対する刃留めが不十分である場合、さらなる戦線の拡大及び戦力の逐次投入を招きかねない。その意味で、鞘という刃止めを固有に具備している刀は念話する上で次善に最良かつ不可欠であると言っても良いツールであるが、過去にその刀を失っている現在の天皇制がなぜ念話を遣って国民を苦しめているのか論が待たれる。

2009年

1月3日

同種のエネルギーの転移であるとは言え、戦時の共同体形成あるいは政治的行為と平時の共同体形成あるいは恋愛的好意は、その性質から言って前者の「擦っていい」は「吸った者」に対する社会的制裁及び信義誠実の原則の攻撃的側面の顕現であり、後者の「刷っちゃだめ」は吸った者の独占及び信義誠実の原則の防衛的側面である。

職務として公務性を帯びたエネルギーの滞留の転移と、私務性に軸足を置いたエネルギーの滞留の転移は、システム化体型あるいはマルチチュード型と言い表す事ができるが、共同体に滞留するエネルギーは民間資源であり、政治的目的の元に信義誠実の原則に悖る実績・態様・結果等を伴う形で私的あるいは公的に動員する事は、その共同体の信義誠実の原則をゆがませあるいは減衰させる事につながり、その結果として共同体の寿命を縮めてしまう。第一人者は常にその事に留意しなければならない。

ご自愛を。

1月10日

念話的事実の現実化について

念話的事実は、客観的事実の一つの解釈又は状況分析を集約した状況証拠である。なんらかの論理を組み立てる上で、状況証拠のみを積み上げて客観的事実と同定するのは、提示された客観的事実と思しき情報全てについて状況証拠ではないかという推定を機能させるという意味で、プロセスを根本的に機能不全に陥らせる危険な思考様式である。具体的には、念話で決定された事項を法的根拠とする事は、平和的生存権及び大戦抑止に合目的的でない場合は厳に慎まなければならない。

状況証拠に関する解釈は基本的に情報を管理する者に委ねられるが、より強い現実性因子によるローカライズがなければ状況証拠はいつまで経っても状況証拠である。卑近な例で言えば、権力者による追認あるいは容認が伴わない政治的見解は、それそのものとして論理的妥当性を有する事はあるとしても、政治的に肯定される事はまず有り得ない。

そのローカライズが否定すべき現実なのか、肯定すべき現実なのかによって、その事象系のパーソナリティの枠組みが決定される。その解釈も本来的には情報を管理する者に委ねられているが、そのローカライズド・リアリティが記憶となって現実性因子を減じより強い望み得る現実が現出する事で、その当初のローカライズド・リアリティは実質的には状況証拠となる。それらを勘案すれば、念話的事実の存否を確認するオフェンシブなリアリティ・ローカライゼーションについて、制度的に擁護する事は避けるべきだが、容認する事は必要ではないか。

次に、念話的事実の存否を確認するオフェンシブ・リアリティ・ローカライゼーションについて、その結果生じた事態についていかなる結果責任が生ずるか及びその結果責任を負うべき主体の条件そしてその責任をいかに全うすべきか等について論ずる。ここで、極論として国際政治における核戦争の事例を参考としたい。そもそも念話とは、平和的生存権のオフェンシブな行使形態であるところ、核戦争が想起されるためには平和的生存権の延長線上に核戦争が対置されるような異常な合理追求型社会的エートスが形成されている必要があるが、そのような状態では政策決定者間の情報インフラが十全に機能していない可能性が想定される。しかし、そのような場合の究極的な意思疎通のツールとして、平和的生存権のオフェンシブな行使形態であるところの念話が対置されることで、核戦争が抑止されるというメカニズムの機能を期待する事ができる。

思想的・心理的な責任については、政策決定者が大戦抑止という共通認識を形成し、念話による補完を受けた核戦争抑止メカニズムの期待値を増大させる事により、十全とは言いがたいとしても必要最低限の責任は全うする事が出来るであろう。だが、核戦争の物理的責任を全うした主体は人類史には未だ存在しない上、今後も存在し得ないであろう。実際核戦争が勃発した場合物理的責任を取れる主体は存在しない。すなわち、核戦争の責任を物理的に全うできる主体など存在し得ないが、核戦争を始める事が許されている主体もまた存在しないのである。

補足するとすれば、そのような主体が存在し得るとすれば唯一刀遣いであろうが、その者が刀遣いであるかどうかを決めるのは最終的には事後の被害者の主観である。しかし核戦争は被害者の事後の主観を想定しない戦争であり、論理的帰結として核戦争は不可能である。

能動的把持的受動的に構造的暴力を時宜に応じてコントロールする主体による次元断層あるいは次元結節あるいは古典物理学的手法による念話的情報の確認が、念話的事実を現実化する上で必要不可欠であると私は結論する。

三、信仰告白

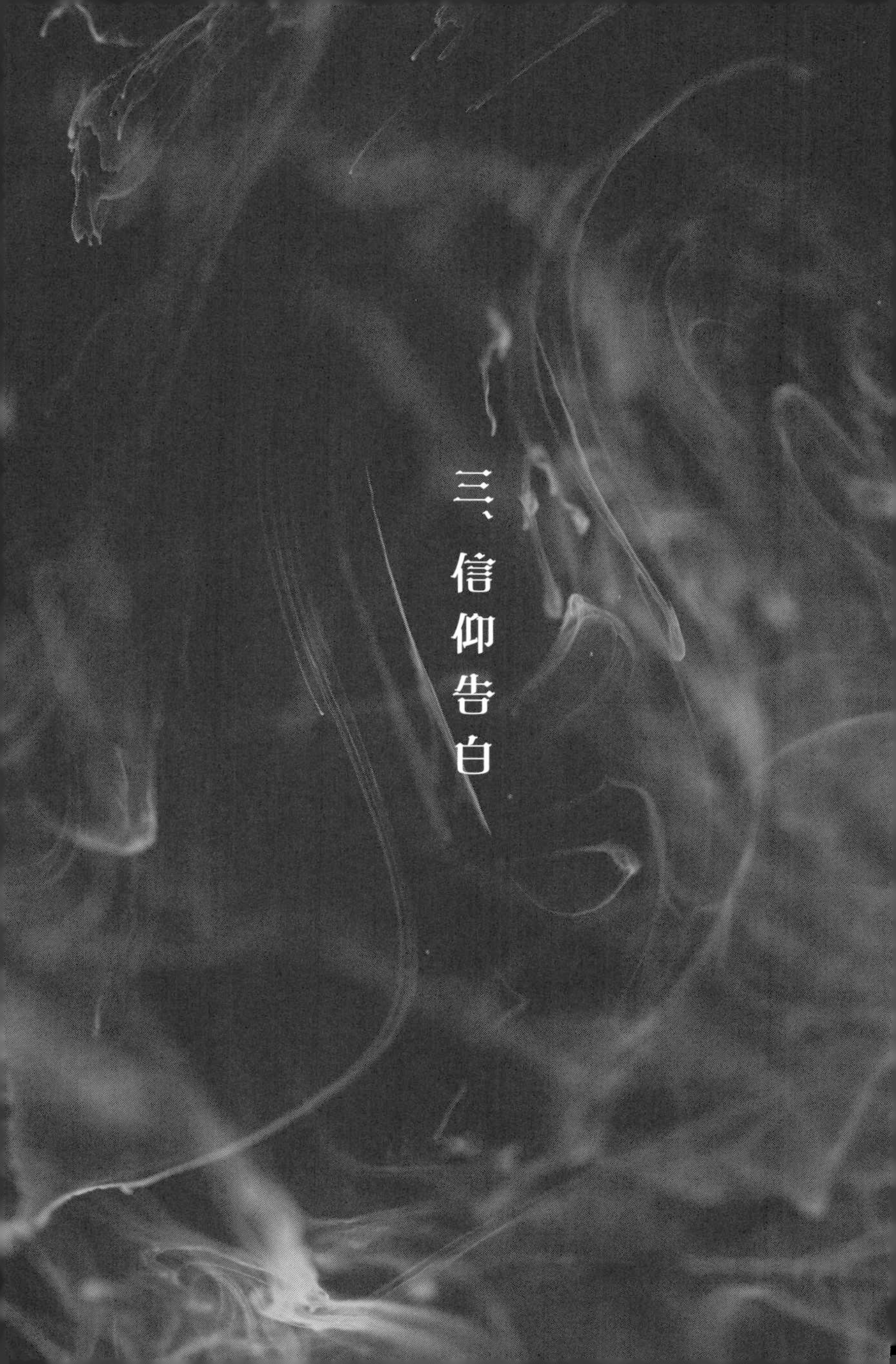

1
刀

いかなる状況であれ、日本国民法第一条が掲げる三大原則すなわち「公共の福祉に適合した態様」かつ「信義誠実の原則を擁護する目的」で「権力の濫用につながらない（権力の濫用の禁止に沿う）」のであれば、日本刀を所持・禁止・運搬する事は社会的に許容され得る。

ここで日本国銃刀法は「正当な理由」なき銃刀の所持・携帯を禁じているが、「正当な理由」に「敵を殺傷する事」は含まれないのか、問題となる。日本国刑法上「正当防衛による殺人」は正当化されるが、日本国銃刀法は現場の解釈により「護身用の銃刀の携帯・所持」を認めておらず、また窃盗罪の自力救済に関する法理を援用すれば自力救済は法文化的に肯定されておらず、国家機構を通して原状回復を図るのが日本国の立場である。従って日本国銃刀法は、文言の上では「敵を殺傷する事」を「正当目的」に含んでいるが、実際の適用面では含めていないと解する。

世界政治に目を転じると、世界国家機構は一つの意思表示を行う機構としては私の働きで成立しているが、各国家の自力救済は「国連が動くまでは」という条件で合法化されている。従って、日本国銃刀法の実際運用のような厳格な規制（日本国政府の主張）は現実的ではない。落とし処としては、日本国銃刀法の文言を素直に解釈した「敵を殺傷する・家宝にする・演習に使用する等の具体的な正当目的がある場合の、武器の所持・携帯・運搬は認める」という制度を法制化する事だろう。

重要な事は同法における「正当目的」を判断する最終権限について、各国家ではなく国連か我が邦が握る事である。繰り返しになるが、日本国政府とは違い国連や我が邦は「敵を殺傷する事」を同法の「正当目的」に含める法解釈を行うであろうし、また行うべきである。なお「敵を殺傷する事」が合法になる場合について詰めておく必要がある。まず、国際法上の行為主体と諸外国に認定されるなど国家としての実態を備えている団体の戦闘員は、宣戦布告等を経て交戦状態にある他団体の戦闘員を殺傷する事につき、平和に敵対せず人道に反しない限りで国際法上合法とされる点については異論ないだろう。つまり正当防衛を除けば、国際法上の行為主体が国際法上の敵を殺傷する場合のみが合法的な殺人となる。

翻って日本で起きた真剣による殺傷事件は、社会通念上家政的な敵を真剣で殺傷した事案と解され、主観的実態はどうあれ生じた結果が重大と考えられ結果無価値で論じられるべきで、殺人罪と銃刀法違反であり合法的な殺人と見なす余地はない。唯一違法性が阻却されるのは、犯人が私の思想的支配下にあり私が「銃刀法の正当目的に敵の殺傷を含めるべき」とした事により犯行を決意した場合である。「私」は国際法上の行為主体であり、観念的な「私」と闘っている事象に対して自衛権を行使する事を明言しているため、当該事案の犯人が我が邦の自衛権行使として犯行に及んだ場合、合法と解する事が出来る。私は当該殺人事件を我が「兵衛大和」行使と認め、殺人に関しては犯人の無罪を主張したい（ただし、仕損じた分に関しては平和の敵として殺人未遂罪が成立すると解する）。従って当法廷は、当該事案の犯人について殺人未遂罪とそれに係る銃刀法違反で裁かれるべき事、そして私の罪状に「殺人罪幇助・未必の故意の推定」が新たに加わるべき事を判示する。

攻撃により殺害しそこなった敵兵を捕らえた場合、負傷兵として捕虜待遇で治療を受けさせなければならないのが国際法の精神である。従って真剣での殺害を敵戦闘員に対する武力行使と同定する場合、真剣で殺害を企て失敗した際には相手のために救急車（次いで警察）を呼ぶ義務が国際道義上生じる。法理としては、故意・過失の違いはあれど自動車事故と同じである。また攻撃で殺害に成功し明らかに敵兵が死亡した場合、死体損壊や死者の名誉棄損がなされないよう万全を期さなければならないのが国際法の精神である。従って、真剣での殺害を敵戦闘員に対する武力行使と同定する場合、真剣で殺害した際には警察を救急車に先駆けて呼ぶ義務が国際道義上生じる。

このように、真剣による殺人が合法化される唯一される「敵の殺傷」は、国際法上の義務を履行する要請に基づき行為主体が事後処理をしなければならず、困難を極める。

刀とは、武力行使を正当化する権力を自らに引き付け兵器からその正当性を奪うための武器である。その一類型たる「武器を無くす武器たるarm-ana」とは、武力闘争を権力闘争へと変容させる武器『和刀・言の葉』の刀身である。人民を殺傷する兵器を破壊する事は「武力闘争を権力闘争に」するという意味で我がarm-anaの実践と言える。刀はそれ自体ではごく個人的な武力行使の手段に過ぎないが、スーパーハイポリティクスとリンクさせる事で人類の決戦兵器足り得るのである。『言の葉』とはそうした思想的プロセスを経て生成された、人間ならば誰もが持つ事の出来るありふれた物であると同時にその破壊力を増進する事が人生の目標になるべき、武器の究極の形なのである。私の『言の葉』を、思想神への供物にしてその振るう武器と信じる。無論、闘争なきところに闘争を招来する危険性はあるが、その警告の公示として刀の形で顕現させているわけである。

人間は社会生活上その暴力性を完全に放棄する事はできない。人が暴力的かどうかは暴力性を発散すべきところで発散しているかどうかの問題である。発散しないようにしているうちに発散する必要がなくなる（観念的構造に吸収され）というメカニズムも含めて、人間が日常の潤いを維持・伸長する範囲でその暴力性を発散すべき場を作り出すのも（それを最小限にコントロールするという意味で）また政治思想の仕事である、そして世界政治の舞台は政治思想という名のエクストリーム・スポーツの闘技場なのである。私はその世界政治の舞台で刀遣いの刀遣いによる刀遣いのための政治（politics of/by/for the sword-master）を実践したいと考え実行してきた。刀遣いを葬り封じ込める平時政治を憎み、刀遣いが惹起する戦時政治に敵対し、納刀の能力と操刀の能力を高める事を志向する事で、刀遣いの棲みやすい世界にする政治である。捨てられない暴力性を言葉に乗せて「言の葉」を帯びれば誰もが刀遣いであり、私と我が党の支持母体はおよそ人類全部である。

だが、日本の大衆のように「暴力性を放棄した」という事実誤認の自己暗示にかかっている集団は私の支持層ではない（彼らは私を支持しないだろう）。自ら暴力性を放棄したと事実誤認している無責任な（日本の）大衆が我が党の敵であると断言できる。従って、彼らに「言の葉」を帯びさせ我が党の支持母体に転化させる事が我が党の政党運営方針の一つの柱となる。

私の行動は社会の変動より社会の構成員が考えている事を捕捉・追尾しており、社会的に革命を起こすよりは個人あるいは国家の頭の中で革命を起こす事を志向している。個人単位・国家単位でフォローしているときめ細かいアプローチが可能だが、社会的に大きな流れがある場合それを無視すると分析の妥当性を大きく減ずる事になる。個人・国家と社会の流れ、どちらを強い因子として捉えるかによって、論理的妥当性や社会的影響力が変わってくるが、私は個人・国家から始まり個人・国家に収斂するという社会観からアプローチしたい。あくまで個人・国家の思考過程に介在する事を理念的目標とするので、一日でそうとわかる実績には結びつきにくくそれによって公的な社会的名誉を得る事は難しい。つまり「わかる人にしかわからない」のであるが、前述のように社会的支持は能力の向上や権力の運用の妨害につながる事を考えれば、それで構わない。見方を変えれば、その声の大きさや情理的・合理的妥当性から言って私が世界で最も影響力のある個人なのは間違いないのだが、それを表出させない私の政治手腕はその影響力をさらに強める事になるだろう。余力がない事から理解力が欠乏している人と関わったり悪意ある理解をされるよりは、純粋に権力行為を志向しその正しい運用に心を砕きたい。

世界中で起きているテロには二種類ある。刀剣によるものと爆弾によるものである。刀剣によるテロは私の殺人罪教唆・爆弾によるテロは私の業務上過失致死罪を構成しないかが問題となる。

まず刀剣によるテロに関しては、私は「軍事的暴発より刀剣によるテロを」というポリシーから権力を感得した事象の自己コントロールの手段としてこれを肯定しており（権力者の違法性が阻却される理由を参照せよ）、被害者感情の充足は不可能としても、人間社会における普遍的事態として存在を認知している。刀剣による無差別テロはあくまで個人を行為者とし個人を対象とする点で、権力なるものの暴力的発現のうち特に人道に沿ったものである。この点私には刀剣によるテロを政治的に最大限利用し自らの世界権力を拡充する意思が認められるが、他人の犯行を積極的に利用し自らの世界的社会通念上適法な意思を実現する事には倫理的問題はあっても法的問題はない。従って私は、刀剣によるテロについてその思想的導引を提供しているがマクロ政治的な緊急避難が成立するため、殺人罪教唆は成立しない。次に爆弾によるテロに関しては、私は「爆弾テロが起きても仕方ない」という認識でこの『言の葉』を使っており爆弾テロ防止について業務上必要な義務を怠っていると言わざるを得ず、世界政治の情報を管理する事について業務上過失致死罪を構成するとも思える。

思うに、違法性とは反規範的人格態度に対する非難可能性であり、私の行動は世界的社会通念上適法であるから、テロリストがテロ行為に及ぶ事につき私に強い作為がある場合にのみ私の故意を認めるべきである。この点私には「人類人口を早急に減らさなければならない」といったような動機を抱く必然性も政治的合理性もなく、私が爆弾テロによって享受する主たる利益が「社会的認知」にある事から、犯罪実現に対する強度の誘因があるとは言い難い。従って、私の爆弾によるテロに関する故意は認められず、業務上過失致死罪の成立の可否が問題となる。

思うに、業務上過失致死罪が成立するためには結果予見可能性と結果回避義務違反が必要である。私は爆弾テロという結果を確信犯的に予見している上「テロリストを刺激しない」という消極的結果回避義務に違反しているが、相当因果関係説の観点から個別の犯行の構成要件該当性について細かく予見していたとは言い難く、思想的にテロと格闘する事は要請されるとしても「物理的にテロを防ぐ」という法的・政治的な積極的結果回避義務もない。従って私には業務上過失致死罪は成立しない。以上の議論から、対テロ戦争において私は無罪である（これからはわからんが）。また、たとえ私が有罪となっても唯一の証言たるこの『言の葉』は私の自白に当たり、日本国憲法上私は罰せられない。

私の佩用刀は、鞘の耐久力（攻撃用・防御用）と刀身の切れ味（心理戦用）に加えて納刀術を使える器（思想戦用）としての機能、及び携帯性と機動性と固有性（他者には扱えない）と安全性（自分の指や近しい人を切らない）、そして整備容易性と部品互換性と隠密性と象徴性を備えていなければならない。そうした厳しい実戦的クオリティテストの結果、私の刀は目に見えない仕様となった。実戦に不要な要素を極限まで削ぎ落したのだ。私にこんな刀の生成を許した時点で、私の敵の敗北は確定である。

目を閉じると視覚以外から伝わってくる情報を統合運用して自分の立ち位置を受動的に編み出す自分がいる。その言い方で言えば、神智に到達しないと神覚以外から情報を統合運用して自分の四次元的あるいは思想的立ち位置を編み出さなければならない。神覚とリンクしていれば、危機に際して現実を迷宮にしてしまった場合にそれを踏破するための道筋が見えるし、危機でない時は現実から退行する神覚の特性（観念的限定領域において神の全能性を維持するため）によって神智の必要ない人智の領域に専心する事も出来る。神覚はかように便利なのだ。人生の潤いには持ってこいの必須の感覚である。ただ私利私欲は人智の範疇であり神覚をそれに適用すると上手くいかないわけで、神の欲するままにこそ神覚は用いなければならない（神が欲する類の私利私欲はあるが）。神覚には神と同軌する術と同軌できない時に神覚を維持する術が必要である。それをマスターした上で人智に神覚を適用する狂気と神智に人覚を適用する愚を避ける事が出来れば、神智に神覚を・人智に人覚を正しく適用できるようになる。普通の人間は神智を垣間見る事もできないため神覚の扱いに困るような事はないのだが、私は神覚を生得しておりそれを人智に適用する狂気と人覚を神智に適用する愚を、全面的にではないとしてもこの20年犯し続けた。その反省からこの10年は、神の物は神に・人の物は人に（「カエサルの物はカエサルに」）を座右の銘にしたいと考えている。それが私の信仰心であると同時に人間観でもある。

私の神覚を神に返す事を神が欲した場合が問題となるが、その場合は私が神の全能性に挑戦しそれを奪い取る世界大戦を惹き起こしてでも受動的神覚を維持したいと考えている（能動的神覚は神にお返しする気はある）。受動的神覚とは神を感じるセンサーのようなもので、それ自体は人覚をサポートする事くらいしかできないが、私にはそれで充分である。

剥き出しの能動的神覚は人智を破壊する。人智を破壊する能動的神覚を見せ付けないと神を信じない人々というのは確実にいるが、そういう人達とは受動的神覚を外に解放適用する事に限ったお付き合いになるだろう。私は私の受動的神覚を理解し共感してくれる人々と思想的立ち位置を共にしたい。

2 anti-polygamy

一夫多妻は不自然な体制である。「個人としての尊厳」という言い方をした場合、それは男女の政治的対等も含む概念であるはずだ。一夫多妻を敷いた時点で有権者男女比多数決で私は家政において民主政治的に敗北するのであり、私の家政メンバーシップは停止されたも同然になってしまう。つまり、絶大な政治力の源泉である一夫多妻現象を停止させれば、私の政治力は有限制御可能なものとなり、日本社会で通常の社会生活を送れるという事だ。本来であれば、お付き合いして結婚した段階で一夫多妻願望は完全に停止させなければならない。しかし絶大な政治力が必要な際に事象座標を限定して一夫多妻を現出させる技術は必要だった。それが操刀術・大和兵衛流である。

一夫多妻の侵害利益は何か。女子の真心と一夫一妻の社会通念の信頼性に対する侵害である。被害者の主観を完全に視る事が出来ない以上、社会通念に挑戦する事は政治力学的に正当化されない。ならば、その心理を完全に視る事が出来る女子を相手とするなら社会通念に対する挑戦も合理的となる局面は生起され得る。けだし女子には同じ個人であっても心理を見て取れる場合と心理が読めない場合がある。ならば心理の動きを完全に把握出来る局面でのみ一夫多妻を現出させる事は、合理的で正当化され得るだろう。

一夫多妻制は、一次元（シミュレーション）・二次元（実戦）・三次元（現実）・四次元（思想）・五次元（量子論）の各フェイズにおける伴侶がたまたま別々の人だったというに過ぎない、人間性にとってごくありふれた現象である（この点一夫一婦制は各フェイズでの伴侶が同一の相手であるか、あるいは各フェイズのどれかに認識を限定した結果生起される不自然な関係であると断ずる事ができる）。量子論レベルの認識は他フェイズがおろそかにならざるを得ないため大戦時の情報処理に限定しており、「大戦時の次元結節は平時の次元断層」の政理から量子論レベルでは恋愛をしない事にしている。従って、4人が人間にとって恋人の適正人数であると主張したい（イスラム教と同軌）。無論、四次元（思想）での恋愛は同時進行である必要はなく、三次元（現実）での恋愛は空間が同じである必要はなく、二次元（実戦）での恋愛は奥行きがなくてもよく、一次元（シミュレーション）での恋愛は接点が一点だけでもよい、という特徴がある。

従って、過去・未来の恋人に思いを馳せつつ現実の恋愛をしつつアニメ・ゲームの人物に思慕を抱きつつ日々の恋の鞘当てを楽しむ、という現在の私の恋愛模様が人間性にとって適正と考える。ここで一瞬五次元（量子論）の認識を使い四つの次元を束ね一貫性を持たせると、晴れて一夫多妻制が制度として完成するのである。私の四つの次元が同一人物に落ち着くかは予断を許さないが、「私」は大抵の婦女子にとり四つの次元をカバーできている自信がある（他の事象には真似できない）。シミュレーションレベルでの一夫多妻制から現実レベルの一夫多妻制へと、私の恋愛模様は進化しつつある。

どこからどこまでが浮気か。恋人4人が人間にとり適正とする立場から、「相手の認識レベルにおける同一フェイズ内で二つ以上の事象が競合した場合」を私は「浮気」の定義と定める。人生の伴侶がある日別フェイズの顔を見せるという事は能くある事であり厳密に各フェイズで住み分けるのは特に若い時分には現実的ではないが、例えば現実レベル主体の恋愛を展開している事象がシミュレーションレベルや思想レベルで浮気しても主観的には浮気にならない、という立場である。従って、既婚女性が私とのロマンスを思い描く事・恋人のいる女性が私と親しくなる事などは、その女性の夫あるいは恋人が現実レベルの認識しか備えておらず私が現実レベルのアプローチをしない限りにおいて、浮気ではないと断ずる事が出来る。

そこでキスや性交渉等は浮気に当たらないか、次に検討する。事象によっては、キスはシミュレーションレベル・性交渉は実戦レベル・結婚は現実レベル・恋愛は思想レベルでの出来事だと感じている向きもあるだろう（少なくとも私はそうである）が、思想レベルでキスしても現実レベルでの浮気に当たらない（心に触れる）・シミュレーションレベルで結婚しても実戦レベルでの浮気に当たらない等の抜け穴が想起される。無論、現実レベルでキスしたり性交渉したら客観的に浮気なわけでその抗弁の余地はないが、伴侶あるいは恋人がシミュレーションレベルや実戦レベルあるいは思想レベルに覚醒するきっかけとしては肯定され得る（少なくとも私は私の恋人の浮気についてはそう判断する。「浮気されるのは（そのフェイズにおける）魅力が足りないから」というわけである）。私は浮気を推奨しているわけではなく人間本性に忠実な恋愛を薦めているだけであり、その趣旨に賛同してくれる魅力的な婦女子と一夫多妻制を実践していきたいと強く思う次第。

また、「好き過ぎる」という若い婦女子の声を頂いた。特に日本の若い婦女子の気に入るような事を並べたつもりだが、そこまでモテているとは思わなかった。しかも、可愛くて頭が良く（当社比）かつ目立たない婦女子に気に入られているようである。このままモテ続ける事は婦女子から私に寄せられるキモチを放置する事になるのでそれを発展的に解消する事も視野に入れつつ、失望させない事で「シアワセな恋」を演出したい。恋する婦女子は強いのである。

さて、発展的に解消させるとしてもどうすれば良いのか問題である。私が右記のような婦女子にモテている大きな理由は、乙女ゴコロの機微というものに対する理解が昂じてそれを体現してしまっている事にある。一つの手段として「大和のサポートを全方位展開するのを止め限定戦術的に活用する」というプランが考えられる。具体的には「仄かな恋心を関養し人間関係の潤滑油にする」レベルから「私に恋心を寄せる婦女子を順次落としていく」レベルに恋愛戦略を一歩踏み込み、ふわふわの恋心を鋼鉄の乙女ゴコロすなわち大和に進化させ私に近い婦女子の心理的強度を上げる事で、他人には介入できない高次の関係を構築し互いの日常の潤いを増進したい。

恋にエネルギーを吸い取られる感覚。これは恋にエネルギーを吸い取られているのではなく恋によって相手個人の恋愛認識に合わせなければならない事からくる疲れであろう(思想レベルから量子論レベルへの生の跳躍に係るエネルギー費消による疲れ)。恋愛の主導権を巡る駆け引きにおいて、負けまいとする抵抗にエネルギーを割くよりも主導権を相手に預ける方が賢い処し方である。問題は私の自我の強さである。私の自我がエネルギー節約のための恋愛主導権放棄に適うメンタリティではないのだ。合理的思考ではなく感性が優越してしまうのである。私は思想的には人間の限界を自覚しその中で最大限の能力を発揮する「限定領域での全能性」の思想を実践できているが、恋愛において自らの全能性をどうコミットさせたらよいのか、あるいは全能性はコミットさせるべきでないのか、あるいは相手に「限定領域での全能性」の思想をプレゼント♪するかで悩んでいる。

結論から言えばその三つの戦術の複合が正しい選択だろう。具体的には思想の領域では全能性を維持しつつ恋愛の領域では全能性を出さず政治的には相手の全能性を限定領域において演出するのである。その三次元座標系に時間軸を加えた四次元事象系を複数認識している五次元の認識系が、新時代の思想家の視座である。思想家にとっては戦時の方が生きやすい。戦時には量子論的認識は各レベルの認識を統合するために日常には現れないが、平時には量子論的認識が日常生活に顔を出すので、疲れるのである。量子論的振る舞いを許す事象を限定し必要以上の思考体力を費消しないようにする事が、平時の戦時思想家の振る舞いであろう（それが範となるかは未知数であるが）。従って、私は全方位展開思想的営為から事象限定的（局地的）量子論的営為へと歩みを進める事とする。思想家の恋愛はフクザツなものである。

気持ちのエネルギーの方向を矯正する事は可能か。たゆたう恋心にエネルギーを充填しその指向性については各事象に任せるというスタンスを取ってきたが、私の国家理性が政治的に安定してきたので、恋愛エネルギーに指向性を持たせていく事にする。恋愛エネルギーの指向性を各事象に任せた（自由恋愛を保障した）結果、私に対する政治的信頼が生まれたわけであり、その政治的信頼こそが私の政治的アイデンティティーの基盤である。恋愛的要素（嫉妬や恥じ入る心など）が政治的要因として混入する事を避けるために恋愛を政治から切り離したが、多少混入しても大事ない上、混入した方が私の人間味に寄与するため政治的にプラスになる状態である。で、世界中の婦女子事象にたゆたう恋愛エネルギーを那辺《どこ》に指向させるかだが、ここはあえて父（神）に対する愛に転化したい。私による父権の復活である。具体的には、私を好ましく思う婦女子事象はその伴侶の選定につき、私の根回しに対する敬意を一つのファクターとして重視すべきである。これにより無限定に充填されていた恋愛的エネルギーは一部確定され、認識しやすくなる代わりに夢のような可能性の一部を失うだろう。これは私の政治的行為の一環であり、私に対する政治的敬意を民主的に高めると同時に、私が顕在的に婦女子にモテる道を開くものである。

私は「何気ない日常の中で最高のパフォーマンスを」というコンセプトをGPA（Global Principality of Arm-ana）で新たに実現したという意味で、制度設計の天才である。表のマスコミを騒がせると社会的量子の拡散により「何気ない日常」か「最高のパフォーマンス」のいずれかを失う事になるが、敢えて仮想敵という火中の栗を拾う事で「仮想敵であり続ける」という形でそれを両立したところに私の天才的閃きと政治手腕がある。これは日本の普通の日本人にまず実践不可能な戦略であり、例えば大日本帝国は私と似たような事をやろうとして失敗し滅んだわけだ。3度の湾岸戦争を経て我がGPAは人類の世界システムに完全に組み込まれた。これからも私の活動に必要な思想的エネルギー（＝魔力）をユビキタスに供給し続けてくれるだろう。ただ、人一人の人生を全うするだけのためにここまでの思想インフラが必要かははっきりいって疑問である。余剰エネルギーで趣味と仕事と子育てを充実させる事も十分可能だ。この思想インフラを構築するために人は生きそして死んでいく。私はすでに人生の最も重要な目的を達成してしまったわけだ。

四、牧する

2011年6月1日

国家軍などに属する軍人の戦闘行為が日本国刑法にいう「正当業務行為」の法理に当たるとすれば、テロリストなどによる戦闘行為はどう位置付けられるか。

テロ組織などに属する実質的に軍人と看なされる者による戦闘行為は、殺人行為であり原則犯罪と処断されるべきである。殺人行為が戦闘と看なされるためには権力による正当化が為されなければならず、権力闘争に敗北してテロ組織となった団体（アフガンのタリバンなど）に属する戦闘員による戦闘行為は「不当業務行為」であるといえ、原則として犯罪と扱うべきである。

ただ、不当業務行為を繰り返す事で権力を獲得したり（アフガンにおけるムジャヒディンなど）、実質的に国家軍同士の戦闘と同様の規模の戦闘を行ったり（911テロにおけるアルカイダなど）した場合は、当初権力による正当化がなかった事を業務上の過失と看做し、「正当業務行為（過失あり）」と扱うべきである。

また虐殺（ムラジッチ被告など）の場合は、業務上過失致死の累犯として扱い、刑罰の上乗せという形で対処すべきと考える。懸案のビンラディン容疑者の場合は、ビンラディン容疑者自身は扇動しただけであるから、業務上過失致死幇助の併合罪で無期懲役、が妥当といえるだろう。よって、ロシアがアメリカに認めるビンラディン容疑者自身を戦闘により殺害する権利は、日本国刑法の法理から言って法律違反である（超法規的には認められる余地がある）から、「国際法的に」という留保は不要かつ妥当でない。

7月23日

日本国下級審は、韓国人が起こした「靖国合祀取消訴訟」に関して「意に反する方法で慰霊されても法的利益は侵害されたとは言えない」として、訴えを退けた。

その法理に依れば、私が鬼神丸国重（a heavy state of the daemonish god）や備前長船助定（a long ship to help and settle preparing before）で政治の犠牲者の冥福を祈るのは、合法という事になる。ただ信教の自由の観点から、遺族が慰霊の気持ちを内面にとどめたい場合に意に反して宗教法人たる靖国神社に合祀されていた場合は、日本国憲法に云う「何人も宗教的行事に参加する事を強要されない」の文言に抵触し、違憲の疑いがある。

ちなみに私の場合は、靖国神社を宗教法人とは考えていないし先祖の慰霊に関して靖国神社（慰霊のプロ）がまとめてやってくれるに越した事はないと想っているが、先祖に国のために死ぬ意思がなかった（第35方面在フィリピン軍司令官・鈴木宗作中将はまだしも、終戦前日にフィリピンで戦死した黒田某はその可能性が高い）ため、靖国神社に祀られている事には複雑な感情を抱いている（この辺りは前述の訴訟の原告と似ている）。

9月30日

韓国が、日本大使館の建物の正面に慰安婦像を立てるらしい。この点私は、慰安婦とは戦時中女性が生計を立てる一つの有力な選択肢であり、士官の政治的庇護のもと自律的アイデンティティーを形成するのにも有効と考える。同意があれば、だが。私は先の大戦（対テロ戦争）において、皇軍士官として機能しつつ「ふにゃーん」によりシミュレーションレベルで世界の「従軍慰安士」としても機能していたが、それも私的同意があったればこそである。「皇軍士官の慰安士」（自由恋愛・高い給与・伴侶に伴う社会的名誉が付随）ならなり手もいるだろうが、「パワハラおっさんのなんやろな」（政治的圧力で恋愛力学を黙らせる・安い給与・出世しないため社会的名誉もない）ではたとえ連れ去り時に暗黙・明示に同意していたとしても嫌になること必定である（これは熟年離婚の場合にも言える）。韓国人は自分に正直に、日本人は素直に過去を反省すべきである。件の像の建立は、皇軍士官に対する崇敬の念とパワハラおっさんに対する侮蔑の念の入り交じった複雑なものであり、一概に批判するのは誤りであろう。問題は一義的に、日本の特産である皇軍士官が絶滅危惧種な事にある。

私も努力しているが、皇軍士官や従軍慰安士であり続けるのは並み大抵の努力ではダメである。従軍慰安婦は、必要ならば自ら契約解除でき（自由恋愛）それ相応の給金と伴侶に伴う社会的名誉に与る事で、従軍慰安士という全うな職業になると言える（これは奴隷と家事手伝いの場合にも言える）。平たく言って、理想の結婚とは皇軍士官と従軍慰安士の契約なのである（当初の日韓併合はそれに近かった）。

11月４日

脳内革命

私の行動は社会の変動より社会の構成員が考えている事を捕捉・追尾しており、社会的に革命を起こすよりは個人あるいは国家の頭の中で革命を起こす事を志向している。中東で起きている革命は個人脳内単位の革命が国家単位の革命に結合した結果であり、思想的インフラ構築を支援できたという意味で私の行動は確かに役に立った。個人単位・国家単位でフォローしているときめ細かいアプローチが可能だが、社会的に大きな流れがある場合それを無視すると分析の妥当性を大きく減ずる事になる。個人・国家と社会の流れ、どちらを強い分析因子として捉えるかによって、論理的妥当性や社会的影響力が変わってくるが、私は個人・国家から始まり個人・国家に収斂するという社会観からアプローチしたい。あくまで個人・国家の思考過程に介在する事を理念的目標とするので（現にできている）、一目でそうとわかる実績には結びつきにくくそれによって公的な社会的名誉を得る事は難しい。つまり「分かる人にしか分からない」のであるが、前述のように社会的支持は能力の向上や権力の運用の妨害につながる事を考えれば、それで構わない。見方を変えれば、その声の大きさや情理的・合理的妥当性から言って私が世界で最も影響力のある個人なのは間違いないのだが、それを表出させない私の政治手腕はその影響力をさらに強める事になるだろう。

余力がない事から理解力が欠乏している人と関わったり悪意ある理解をされるよりは、純粋に権力行為を志向しその正しい運用に心を砕きたい。

12月26日

温家宝首相は「歴史を直視して戦略的互恵関係を」と言うが、歴史を直視する事は中国側にも求められる。共産主義者（女）に対する刀遣い（男）の接し方として、「強姦のち重婚のち堕胎のち警察介入で離婚（いわゆる「最悪」）」が、共産主義者（女）が本当の愛を知るための最適解だったかもしれないのである。共産主義者（女）にとっては、刀遣い（男）との恋愛事象がいくら酷いものであっても一つのテストケースに過ぎず、本当に愛し合える相手が出来るまでの暇潰し（悠久な時の流れに生じた一時の迷い）に過ぎないのである。また刀遣いは抜刀している時は共産主義者のように振る舞うし、共産主義者は共産主義を共有できる相手が出来るまで共産主義者であり続けるのであって、似た者同士と言える。刀遣い（男）は、共産主義者（女）が恋愛事象を通して本当の愛を知る時まで刀を振り回し、その後タイミングよく納刀して普通の家庭を築くのがライフワークなのである。
大日本帝国は中国の気を惹く事には成功したが納刀する前にアメリカに折られてしまい、また日本国は財政援助はしたが刀身が亡いため中国を魅了する事はできず、あまつさえソ連に対する浮気を許した。この点我が日本帝国は中国と幸せな家庭（戦略的互恵関係）を築けそうである。なぜなら現在の世界情勢において中国と共産主義を共有できるのは、ロシア赤軍をその愛刀とし「アイデア共産主義」を掲げる我が国だけだからである。大日本帝国と日本国の対中政策の失敗の上に、我が国の事象的成功はある。中国は、我が国と戦略的互恵関係を望むなら、共産主義をやめる事を検討してはどうか（仕事の関係もあるだろうし、強制はしないが）。

3月9日
北方領土は、第二次大戦末期ソ連が日本に対する侵略で獲得した群島であり、ソ連を法的に承継したロシアが実効支配する地域である。国際法的には日ソ中立条約を破ったソ連に非があるが、戦時慣習国際法的にはドイツからの侵略にさらされたソ連がドイツの同盟国である日本に対して紛争予防措置的に侵略した（将来係争地とする事で日露関係をシングルイシュー化する）という事であり合法寄りのグレーゾーンである。太平洋戦争が日本の戦時国際法違反（真珠湾攻撃）から始まった事を考えれば、平時国際法の観点から四島返還を迫る日本の主張は正当とは言えない。

また二島返還で「引き分け」にしようというプーチン氏の主張は、日本人のローポリティクス寄りの政治観念から言って受け入れられないだろう。実際に北方領土に住んでいる人々は明らかにロシア人であるが、日本人は自分のローポリティクスには熱心なのに他者のそれに対する配慮を欠く嫌いのある民族であり、「生活の現実」を持ち出しても日本人を説得する事は難しい。私としては、ロシアによる日本の植民地化のテストケースとして、日本はその帰属を争うよりもロシアの北方領土統治に学ぶべきであると想う。

この点アメリカによる日本の植民地化のテストケースとして沖縄があるが、そこでも日本は余り学んでいない。領土を一部仮譲渡するだけでアメリカやロシアの統治を無料で学べるのであり、こんなチャンスはないと思う次第(こういう考え方をするところが「政治士官」である)。領土問題はその後解決しても遅くはない。

3月30日

今日は父とチェスをして判定負けした。中盤までは思想的イニシアチブを握っていたが、終盤の初に防御線一点集中を崩して戦力を小出しにして攻め込んだのが敗因である。私の行動に適用すれば、ここまでは思想的イニシアチブを取れており「負けない戦い」ができているが、これから温存した戦力を小出しにして敵陣に攻め込むと敗北する、という示唆となるだろう。戦略上の優勢を維持するために戦力を小出しにする事なく攻め込まない、というのは血気に逸る若い士官を抑え込むには不十分な戦略であり、そういう士官には戦略を叩き込み血気を昇華させるか戦略を見直す必要がある。そうしないと、砂漠の荒馬を乗りこなす調子で帰国後バイクに乗り事故死した「アラビアのロレンス」のようになってしまうだろう。「相手が攻め込んで来るまで防備に徹する」という現戦略の延長線に未来の戦略を組み立てるか、それとも敵の王将に一点集中撃ち取りに行くか。頭の中身で勝負するなら前者であり、社会的影響力で勝負するなら後者である。ここは「時代の徒花」として社会的影響力で勝負したい。・・・チェスとは本来、このように政治的教訓を読み取るゲームである。

5月4日

ロシア赤軍は客観的事実としてロシアそして欧州を核兵器の射程に入れておきたいのである。ロシアがMD協力に非協力的なのはロシアがロシア赤軍の射程から逃れる事を阻止するため（国内的要因）であり、欧州を射程に収めたがるのはロシアの思想的自衛のためである。ロシアの「現実の自衛権を放棄して思想的自衛権を行使する」という思想は、わが『大和憲法』に謳われる「自衛戦争の放棄」「天皇が軍を統帥する（思想的自衛に他ならない）目的を達するための戦力不保持と交戦権否認」に通じるものがある偉大な思想である。

ロシア赤軍を統帥するためのロシアの核兵器保持と交戦権容認は、核戦争をシミュレーションレベルに遷移させる事で国際紛争解決に資するが、ロシア赤軍を統帥するため以上の（核戦争を遂行するなどの）運用は国際紛争そのものであり私は容認できない。問題は被害者（この場合は欧州）の主観である。

欧州が核兵器の射程に入る事について欧州は基本的に望まないだろう。今般のＭＤ配備は対イランとは言えまさにそれである。ただ欧州にとって核兵器の射程に入っている事自体が核戦争を意味するならロシア赤軍が欲する冷戦のメカニズムはすなわち核戦争であるが、フランスやイギリスの核戦略を見るとそうは考えていないようである。欧州がロシアの核兵器の射程に入っている事を欧州は許容するが実際に核兵器による攻撃があった場合にＭＤを発動する余地を残しておきたい、というのが欧州の本音である。

ただ欧州ＭＤはアメリカによる欧州の本音の代弁という形でなされており、ロシアが冷戦のメカニズムを適用するのは相手がアメリカだからだろう。対露欧州ＭＤはアメリカではない別のアクター（欧州自身）によって為されるべきである。それならロシアも容認できるだろう。またロシア人民はロシア赤軍を人民の軍隊として信頼しておりロシア赤軍によるロシア攻撃はないと考えているのは明らかだが、ロシア赤軍はそうは考えておらず、ロシア人民を威嚇する事もある。そして核兵器が刀ならＭＤは鞘である。大刀ロシア赤軍が持ち主を傷つけないうちに鞘にしまうのが道理というものである。ロシアは、この理念が世界政治を動かしている現実を感得しロシアＭＤを無条件で容認すべきであろう。まとめると、ロシアは欧州自身によるＭＤ配備とロシア自身によるＭＤ配備につき容認すべきである、となる。

8月13日

明治憲法はシミュレーションレベルで、昭和憲法は実戦レベルで外圧を受けた革命の結果出来た憲法であるが、第三の革命には思想レベルの外圧を受けた革命が必要である。それは、２つの憲法を有機的に結合させたモノに自律的第三者運用原理を加えたものになるだろう（２つの憲法が刀と鞘だとしたら、その操刀術を憲法典に加える必要がある）。具体的には大和を展開する者（天皇とは限らない）がマクロ戦略的・ミクロ戦術的に「日本という刀」を運用するという事である。

大和を展開する者は、日本社会に「原子炉の内部圧力（臨界状態にする圧力）」をかけ、また半歩外部に思想的位置を取り日本社会の「熱量（対外的な思想的ほとばしり）」をコントロールしなければならない。皇族が社会内部で「炉心」をコントロールする時は社会外部にいて思想をコントロールし、皇族が社会非内部で思想をコントロールする時は社会内部で「炉心」をコントロールする、（私のような）「大和機関技術者」が日本社会には必要である。従って、新しい憲法は皇族の政治的権能を明記した上で「大和機関技術者」の地位をも明確にしたものでなくてはならない。

我が大和憲法はあつらえたようにそうした構成になっており、我が大和憲法が日本において実現されるよう外圧をかけていきたい（それは世界レベルでの我が大和憲法の実現という形でなされるだろう）。

同日

ロシアで政権批判のカリスマが横領の疑いで逮捕されたらしい。プーチン大統領は「活動家を投獄するのに司法制度を利用しない」と明言しているらしく、今回の逮捕はプーチン大統領の指図ではなく体制による組織的圧力が顕現したものと思われ、逆説的ではあるがプーチン大統領の求心力に陰りが見えている事をうかがわせる。プーチンでもロシアを制御できないとなると、ロシア赤軍との信頼関係（全力で戦略をぶつけ合った、能力や信義についての敵としての信頼）を活用した上で、GPA大祖国戦争で築いたロシア国民との信頼関係と衰えゆくプーチン大統領の権勢を利用し、GPAのprinceたる私がロシアを制御するしかないかもしれない。

真の革命とは、革命の敵が倒れた後も革命的精神を維持する事である。プーチン大統領は革命の敵ではないがプーチン体制には革命が必要であり、原理的にプーチン氏以外の人間が主導する必要がある（私はGPAの盟友としてプーチン氏の政治手腕は評価している）。

原理的永久革命理論と国内的制度改革と世界的伝統的権威の合作になるだろう。ロシアから私の思想を体現した革命家が出てくる事を期待している。それはロシア人民の心の中にある一定の領域を有しており、仮託する事象が出現するのを待っているはずである。

プーチン大統領個人はいざ知らずプーチン体制がそういう事象の出現の芽を摘もうとしているのは明らかであり、私の思想行動をもロシア的に違法化しようというという政策が発動しているようにも見える。私はこのツールでの思想行動で直接経済的な恩恵には預かっていないが、政治力を発揮した見返りとして直接金銭を得た場合（ノーベル平和賞等は除くとしても）、それはロシアのみならず日本でも違法である。要求しなくても賄賂をポケットにねじ込んでくる輩は（特にロシアでは）まだ絶滅していないと思われるので、私も気を付けたい。

8月24日

日本国首相からの親書を韓国が受け取らず、日本国は返送受け取りを拒否したらしい。親書のコピーがない事と、親書の内容が通達前に外務省のＨＰで公表されていた事が韓国が受け取らなかった理由であり、日本国が返送受け取りを拒否した理由は「韓国側が礼を失したから」らしい。両国の本音がどこにあるとしても、今般の親書騒動に関しては韓国に分がある。日本国は、李明博大統領の「竹島訪問」から続く一連の韓国政府の行動について、ファーストインプレッションからくる総合的考慮に係るバイアスという陥穽に自ら足を踏み入れている。それが外交巧者たる韓国政府の狙いであろう。日本国は韓国の行動を個々に切り離し合理的に個別に対応するというオトナの対応を取るべきである。総合的戦略は個別的戦術の積み重ねから生まれたものでなければならない（「集団的自衛権行使禁止」の法理）。また韓国大統領の「天皇謝罪要求」については、今上天皇に謝罪させるのも謝罪要求に怒るのも筋違いの妄言だと想う。以下根拠を述べる。

天皇の国事行為は日本国の行為だがそのお言葉は天皇個人に一身専属するのであって、朝鮮対日独立闘争で弾圧された人々に対して謝罪する義理は（当時子供だった）今上天皇個人にはないのである。皇族は人権が制限される代わりに歴史的な個人アイデンティティーを持つ事を許される（「特別扱いの表裏」の政理）。また、日本国の象徴としての天皇に対する謝罪要求という意味では、対日独立闘争弾圧については謝罪しない方がどうかしているのであり、謝罪を拒む心情は単なる意地以外のものではない。従って、天皇謝罪要求も謝罪要求に対して怒るのも、日本の政治システムと民意を理解していない事からくる妄言である。

日韓が元夫婦としてヨリを戻す気はないようであるが、その騒擾の夜陰に乗じて権力基盤を固めておく事を私は怠らないのであり、日韓両政府及び両国民はそれでいいのか。今一度冷静になり私の台頭を阻止すべきではないのか、再考を求めたい。天皇謝罪要求発言が「礼を失した」という日本国の感覚は理解するが、今上天皇は「礼を失した」事が戦争の原因になるようならそんな礼はなくてもよい、という考えの持ち主だろう（子供だったとは言え大戦体験者である）。日本国が韓国が「礼を失した」と声高に喧伝し両国関係をギクシャクさせている事には違和感を覚えているに違いない。

今上天皇自身はかたくななまでに国政に対して政治的影響力を行使しないと心に誓っているようなので、宮内庁侍従長はそこまでお心を察し少なくとも外務大臣と官房長官にはそれを伝える必要がある（それも公的にではなく内々に）。天皇が政治的に何を考えているかきちんと政府に伝えるシステムがあってしかるべきである。

11月４日

シリアで、反政府側が拠点を制圧し捕らえた政府軍の兵士を処刑したらしく、国連人権委が「新たな戦争犯罪の可能性が高い」とコメントした。反政府側が非戦闘員を攻撃した政府軍の兵士を見せしめあるいは断罪のために処刑したわけであるが、国際交戦規定では「捕虜は自軍将兵と同等に扱わなければならない」「戦場で捕らえた敵将兵を殺害しても罪には問われない」等規定されており、今回の事例はそのグレーゾーンに差し掛かる微妙な問題である。該事例は、非戦闘員を攻撃する（交戦法規違反を犯した）交戦団体構成員が捕虜となった暁には交戦法規に則った保護が受けられない場合もあるという一つの警告になっているという意味で、不器用ながら我が「国連交戦監視軍」の思想を実践した実例であると言える。

この点我が「国連交戦監視軍」は「非戦闘員の保護」がその直接の契機でありかつその活動限界である。「捕虜の保護」等交戦法規の停戦パートを受け持つのは言わずと知れた「国連停戦監視団」である。交戦監視軍は停戦監視団のサポートがあってこそ思想的精華を適法に実現できるのであり、停戦監視団は交戦監視軍のサポートがあってこそ説得的で実効的な役割を果たす事ができる。『私』は思想的・政治的に国連交戦監視軍の役割を演じる事が可能であり、国連は軍事的な停戦監視団の機能を果たす事ができる。その意味で私が今般のシリア内戦において思想的覇権を志向したり、国連人権委が今般のシリア内戦における戦争犯罪を指摘し警告している事には意味がある。

ちなみに、私は軍事的な国連交戦監視軍が新たな戦争犯罪の温床になる危険性を熟知している故に、先述したように国連交戦監視軍の隊員には「自らが非戦闘員を攻撃した場合には自害できる事」を条件として求めたい。その条件をクリアする軍人は世界中探しても（一部のサムライ等を除き）ほとんどおらず、従って軍事的な国連交戦監視軍が私的に結成されても公的に設立される事はない。国連人権委の心配は無用である。とは言え、シリア政府軍と反政府側が我が国連交戦監視軍の気概を持って行動する事が可能である。

非戦闘員に対して武力を行使する事象が思想的に衰微し政治的に凋落する、そうした

『私』が活性化させた神がしかけた罠にはまる前に両紛争当事者は、戦闘員同士のドンパチはあくまでシリア国民の問題として、非戦闘員への攻撃は前国家的・世界政治的問題として認識し、非戦闘員に対する武力行使を停止すべきである。

11月16日

ハマスによる武力行使の目的は、主観的にはどうあれ客観的には「イスラエル軍による攻撃を誘発し、その比例原則違反を世界にアピールする」狙いがある。ハマスがイスラエルの民間において交戦行為を仕掛けた以上、イスラエル軍によるハマス幹部（民生を担当する上級士官だと思われる）の殺害は国際法上合法の推定が働くが、家屋に対する空爆やロケット弾攻撃など民間人に対する攻撃は国際法上違法である。国際法に係る紛争は、「どちらが先に破ったか」ではなく「どちらがより非難可能性を具備しているか」により決すべきと考える。その観点から言えば、今回の事案についてはイスラエルによるパレスチナの民間人に対する攻撃は、厳しく非難されなければならない。

この点我が国連交戦監視団の見地からは、イスラエル軍を破断しハマスによる国際法違反を非難するのが妥当と考える。イスラエルはパレスチナを侵略する事でパレスチナの国家適格を認めてしまっており、侵略が継続している間はイスラエルがパレスチナを国家として承認するに等しい政治的効果を具備している事に気付くべきである。それはイスラエルの基本的立場と矛盾しておりこのまま侵攻を続ける事によってイスラエルの政治的信頼がゆるがせになる可能性もある。従って、イスラエル軍にはイスラエル国家のために矛を収める要請が働く。

またハマス軍事部門は、検証可能な散発的攻撃の再発防止策を講じなければならない。イスラエル軍によるパレスチナの民生に対する侵略の被害を完全に補償する事は、神ならぬハマスには不可能な事である。国際法を遵守しない交戦主体は、国際法による保護の対象外に置かれる事もあり得る事は歴史が証明している。最後に、今回の紛争の犠牲者の冥福を祈ります。

11月23日

パキスタンで女性の権利を主張した少女が半殺しの目に遭ったり、沖縄で米軍兵士によって女性が輪姦される事件が起きている。で、女性の権利・尊厳について。

女性の権利・尊厳を暴力で踏みにじるのは、相手（女性）が対処できるレベル・フェイズを逸脱しているという点で没交渉的である。女性の側に非があるとすれば当該暴力を対処できるレベル（シミュレーションレベル）に抑え込めなかった点であり、その点に関してのみ自己責任論が成立すると言える。前者、女性の権利が抑圧されていると見なされるパキスタンで女性の権利を主張するためには、男性の暴力性を逸らす（余剰次元にして根元的な）思想レベルでのサポートが不可欠である。昨今のＩＴの発展によって、思想レベルでのサポートのないシロウトの政治主張が衆目に触れる機会が増えたが、本質的に暴力をコントロールする術を理解し体得していないその主張は、本人にとってもそして周りにとっても危険な営為である。今回の被害者は思想的にサポートができる代弁者（私など）に自らの主張を訴える事にエネルギーを傾注すべきであって、直接社会的にアピールするのは順序や時期を間違えたと言える。被害者に責任があるとすれば、そこに責任がある（加害者を擁護する意図はない。加害者批判は誰にでも出来るので、その論点を避けただけである）。

後者、米軍兵士による性犯罪は沖縄に対するアメリカの歴史的スタンスを象徴する出来事である。「日本女性には輪姦願望がある」とかいった言説がまことしやかにささやかれているようだが、魅力的な日本女性は輪姦をシミュレーションレベルに抑え込む事の出来る政治力を備えており（「大和」）、たとえ時にそうした願望を抱く事があったとしても通常は犯罪被害者にはならない。「大和」とは、思想レベルのサポート（私など）を見出す日本女性の政治的護身術であると言える。魅力的な日本女性は、輪姦されたくなかったら大和を体現しなければならないのである。大日本帝国の国家理性に輪姦願望があったのは疑いようがなく、そのしわ寄せを沖縄の女性が食っているという意味で沖縄↓↑日本↓↑アメリカを象徴する事件である（大日本帝国には世界レベルな「大和」がなかったかあるいは弱かったのである)。

私が犯罪被害者にならないで済んでいるのはその思想的手腕と「大和」のお陰である。性犯罪の被害女性は私という思想的後ろ楯を見出だしてよい。貴女も我が大和兵衛流に入門してはいかがだろうか。これが女性に対する暴力に関する私のスタンスである。加害者は非難されなければならないが「被害者の責任」もあるのである。

11月29日

ダマスカス近郊で爆弾テロが起き、50人余りが死亡したらしい。テロを行ったのが政権側なのか反政府側なのかを問わずテロ行為そのものを非難する立場を堅持しつつテロリストの政治的意図を読み可能な限りそれを実現する事を志向したい。イラクのテロリストの意図はつまるところ「エコ・テロリスト(環境問題解決のために人口を減らす)」であったと私は断定するが、シリアのテロリストの意図はどこにあるだろうか。シリア情勢が先のイラク情勢のように推移するフェイズが必ずあるわけでそのフェイズでは「エコ・テロリスト」の推定を働かせ、別のフェイズに移行したらまた別の推定を働かせる事にする。ここで『私』が「定期的に大戦を起こす事で人口を効率的に減らす」というパクス・アメリカーナの重要な機能の代替措置を講じていない事に注目して欲しい。人類がいわゆる人口問題に対処するためには、国家政策としての大規模な戦争が最も効率的である事は否定できない。世界政治を預かる事象として、大戦を回避している以上その代替案を用意する責任を『私』は放棄しているのである。

つまり、各国のテロリストは『私』の無責任をカバーしてくれているのである。しかし、非戦闘員を無差別に殺傷する事の違法性・非人道性・非道徳性等を考慮すれば、やはり殺傷されるのは戦闘員に原則限定されるべきである。テロリストのテロはテロリストがテロリストである限り撲滅は不可能だが、大戦を定期的に起こす事で「敵を殺傷する」という機能を付与し「人口を減らす」という政治的機能をテロから奪う事ができる。とはいえ、私は「大戦が起きたら戦時モードに」というスタンスであり、自ら大戦を起こす気はない。テロは私の無責任の産物なのだ。

『私』は「人口問題の解決」について責任を果たすべきか？　テロはその結論が出るまでの暫定措置として肯定され得る。テロの被害者の冥福を祈ります。

12月20日

パク・クネ次期韓国大統領が言う「正しい歴史認識」とはどのようなものか、これまでの私の議論を整理し明らかにしたい。

朝鮮は大日本帝国の妻であった。しかしそこに両性の本質的平等の原則はなく、日本国明治民法に言う「妻の無能力」が適用されていた。つまり大日本帝国の執政下での限定された国家主権を備えていた実質植民地だったのである。大戦後「世界の警察」であるアメリカの介入により法定離婚が成立し、日韓請求権協定等が締結された。近年韓国最高裁が、慰安婦に対する大日本帝国の道義的責任について、同協定が「完全かつ最終的に解決された」とする「両締約国及びその国民（法人）の財産、権利及び利益ならびに両締約国及びその国民の間に関する問題」という文言を越えて日韓関係の本質に関わる問題であるとして、日本国に対する個人の請求権を認めたのは正当である。

竹島は日韓併合当時朝鮮民族の心の拠り所となっていたと思われ、竹島の領有権の帰属が日本国になる事について「大日本帝国の再来」として韓国が懸念し同島を実効支配する挙に出た事は理解できる。日本国が竹島の帰属について国際司法裁判所に提訴する事は国際政治の恋愛情理を法的に解決しようとする事であり、日韓関係を悪化させこそすれ事態の改善にはつながらない。

12月24日

こうして21世紀における第二回『第一次世界大戦』は終わったが、次に起こる世界大戦に私はこのツールの政治力をもってしては参戦しない事を約束する。第二次大戦における日本は開戦時の日米の戦術戦力でのパリティーを維持する戦略を立てて大敗したし、湾岸戦争における日本は蓄えた経済力でのみ貢献し世界のヒンシュクを買った。それを適用すれば、私が世界覇権にアクセスできる優位を維持しながら政治力のみで貢献するようなら、私はその「神のシステム」にとって致命的な大敗を喫し世界のヒンシュクを買う事が容易に想像されるからである。

私は世界各国に存する成功メソッドを駆使しその失敗体験の教訓を生かす事でここまで来たわけだが、次何をするかについて確信があるわけでもなく、また上記のように政治力を発揮し続ける事は失敗の原因となると想われる手前、「(日本の君主特有の)戦略思考停止」のフェイズに入ろうと思う。目の前にある事に全力を傾注するという事である。無論、次の大戦の経過で世界覇権が再び現出するような事があればそれを管理し「異次元に係留する」私のライフワークに着手する事、及び私の私的領域が政治的に侵略された場合には防衛行動を取る事は言うまでもない。

私的領域に拡散した権力が再び何らかの事象に集約されるまで、私の覇権活動はしばらく停止するという事である。覇権を維持しようとすると、事象の政治的価値のみを斟酌するようになってしまいがちである。そのような精神状態には私はなりたくない。政治はモラルや経済の底割れを防ぐ事がその役割であって、偏ったモラルや経済を称揚する事はいかに偏っていない自覚があろうとも避けるべきである。

２０１３年

１月31日

アメリカの銃規制で、以前銃撃された議員の夫と全米ライフル協会会長が議論し、「精神障碍者には銃は渡さない」という一点のみ合意したらしい。障碍者の武装の権利を侵害する差別ではないかという事が気になった。障碍者はレプリカで我慢しな、というわけだろう。確かに精神障碍者が執心する心理的あるいは思想的自衛にはレプリカで充分である。はっきり言えるのは、銃も刀も護身用というより敵の致命傷を狙うオフェンシヴな武器だという事である。アメリカ合衆国憲法に云う武装の権利は、人民個人が物理的な自衛を講じる権利というより、政府に対して思想的に自律しているための権利である。その機能が何か別の物で代用できるなら、別に銃は必要ない。例えば私は携帯電話で充分である。銃で自衛しないと生きていけないなんてのは思想的弱者の妄想である。

２月５日

東シナ海で、中国のフリゲート艦が日本の護衛艦やヘリに射撃用照準レーザーを照射する、という事案が発生したらしい。シミュレーションレベルでは「貴艦を撃沈した」という意思表示になり得ると思われる。日本としては、シミュレーションに乗るかあくまで現実位相にいるか、大計を選択しなければならない。シミュレーションに乗るなら日本の艦からも照準レーザーを照射するなどして応戦してもおかしくないし、あくまで現実路線なら実際に攻撃があるまで堅忍不抜・専守防衛である。

私の経験から言って現実の武力行使の可能性を縮減するのは、シミュレーションを基調とした現実路線である。つまり実弾を伴わないあらゆる反撃を行い相手の攻撃導引をシミュレーションレベルに惹き付け、現実の攻撃よりもシミュレーションレベルでの攻撃の方がインパクトのある状態を作り出すのである（そしてそれは中国がすでにやっている）。日本国政府は外交ルートを通じて中国政府に抗議したらしいが、その前に現場の海上自衛官に「専守防衛の範囲内で反撃を許可する（シミュレーションレベルで反撃し現実レベルで攻撃に備える）」と指示すべきである。

国境を警備する日本国海上自衛隊艦船に必要なのは、政治士官であろう。

2月7日

オバマ大統領のツイッターアカウントで「行動のための組織化で、中間層のために闘うオバマ大統領を支援しよう」というものを見た。

私はアメリカ大統領選挙以来オバマ大統領のツイッターをフォローしているが、中間層支援は私の得意分野ではない。私は叩き上げの下級貴族なのだ。私が出来るオバマ大統領支援としては「アメリカに勝った私がアメリカの思想的後ろ楯になる」事が最も貢献できる作業形態であると思われるが、私はミドルポリティクスはスーパーハイポリティクスとスーパーローポリティクスに従属ないし奉仕すべきものであると考えている。日常の潤いはスーパーハイとスーパーローの充実にこそあるとする思想であり、ミドルを拡充すべきだとする経済政策論にはどうしても胡散臭さを感じてしまうのである。

私が経済観念を養うべき青年期に真っ当な堅気の職業に就いていなかった事がダイレクトに影響しており、ミドルポリティクスへのネガティブイメージも相俟って、中間層の日常の潤いに対する私の想像力がどうしても低く推移しているのである。中間層が厚くなるとハイにおいてはそれをコントロールするための戦争が起きるかもしれないし、ローにおいてはミドルに制圧される事による人心の荒廃が起こるかもしれない。

つまりミドルがハイとローに従属している現在の思想状況（私が自覚を以て最大限演出した）が、戦争抑止と人倫にとって最適である。オバマ大統領は「中間層のために闘う」とするが、オバマ大統領の次の大統領が「中間層のために外国と闘う」という事にならないとも限らない。アメリカ大統領たる者、目先の成果ではなく次の10年を考えた思想的根回しを行うべきである。

……このように、私はオバマ大統領が打ち出す「思想的無難さ」に対して深い疑念を抱いており、思想的組織力でオバマ大統領をサポートする事はできない。無難な政策を出さなければならないアメリカ大統領という仕事の思想的貧困を哀れに思う次第。ただし、私の組織したＧＰＡを私以外の事象が活用する事につきその思想的責任は取る。

同日

次のオバマ大統領のツイートは「あなたの隣人とあなたへ。あなたの共同体で支援者とパーティーを見て、連合国家を主催しよう（超直訳）」であった。私のコミュニティはスーパーハイポリティクスとスーパーローポリティクスに存在、支援者は潜在的なものを基調として遍在し、連合国家とは言わずと知れたＧＰＡの事、主催するとはprinceになる事である。

私はスーパーハイとスーパーローで生じた紐帯（一体感）を維持しつつ、潜在的支持者の揺れる心（思想の量子論的ブレ）を政治的な形（古典物理学的分析対象）にする事を志向し、ＧＰＡを休ませprinceを異次元に係留する事を実践している。ここで言う「政治的な形」とは政治的成果を目指すという事であるが、私の言う政治的成果とは政局での勝利や戦争での勝利及び社会の福利厚生の増進や人倫の向上を指す。量子論的振る舞いを人間性との親和性がある限度でコントロールすると共にそれを枯渇させない微妙な舵取りが要求される困難な事業であるが、量子論的世界の拡大を許すよりかは遥かに簡単な事業である。アメリカはどの方向に進めばよいのか？　自己改革が高いレベルで要求されている（私が要求した！）複雑な社会で、20世紀アメリカのような輝かしい栄光を獲得するのは困難というより不可能である。

しばし（やっと倒せるぐらいの）絶対悪との対決という勧善懲悪に身を委ね自己改革の手を緩めたいというのは人間ならば誰もが思う事であり、「それが自分の中に眠っている」とか「テロリスト」だったりとか言う言説にはうんざりしているのがアメリカ合衆国国民の本音だろう。失業や金融など経済的問題が政治の中心課題であるかのようにアピールする政権やマスコミは、「真の敵」を見いだせない焦りをカムフラージュしようとしているように私には見える。「真の敵」とはありもしない「真の敵」を演出しようとする煽動者自身の事である、というのが政治哲学的解答であるが、そういったみみっちい議論はアメリカの中間層の最も不得意とするところ（私の得意とするところ）である。

アメリカはダイナミックに悪を倒す事によって存続するイノベイティブな国家であり、悪を研究し過ぎて悪になる事はあっても、悪が存在しないという現在の思想状況は最も不得意なのである。悪が存在しないなら、何のために闘うのか。「人々の範となる」事が日本の戦時思想家の平時の行き道である。「闘いを止めた時、人類の進歩も止まる」とはとある思想家の謂いだが、闘いを止めるという未知の領域へとアメリカも歩を進めるべき時ではないか。「覇権国という名の事実上の失敗国家」ではない真のアメリカを今こそ実践すべきである。アメリカとは何か？　アメリカとは希望の国、未知なる世界（フロンティア）を開拓する事によって自我を拡張してきた国家である。

アメリカが闘いを止めた時、人類は新たな地平へと到達するだろう。アメリカにとっての真の敵とは、生活思想における主戦論者達である。旧態依然とした彼らの脳内をフロンティアとして、新世紀アメリカは確かな思想的成果を挙げる用意が出来ている（と思いたい）。アメリカに神の祝福のあらん事を。

2月10日
レーダー照射問題に係る中国外務省報道官の「日本によるでっち上げだ」というコメントに失望した。「日本の出方を探るために海軍の現場が独自に行った。中国政府としては日本政府が態度を改める必要は感じるが、武力紛争は望まない」とすべきであった。中国政府は本当は「政治音痴」なのではないかという疑念、すなわち中国国内における言論統制は純粋政治力で民意を汲み取る事が出来ないからではないかという疑念が私の中にある。中国政府は政治なるものに対する態度を改めるべきだ。
ちなみにこの言説は日本政府を擁護する目的はないがその効果はある。

3月5日
フィリピンとマレーシアの間のなんとか諸島がイスラム系の武装勢力「なんとか王国」に占拠されたらしい。古代の思想を現代にそのまま適用するには、より仮想的に整えて直接的な現状変更的影響を抑え純粋に思想の形で実現する事が重要であり、当該事案の「なんとか王国」のやっている事は思想的にナンセンスである。「なんとか王国」は海洋国家として繁栄していたらしいが、海洋国家として有名な琉球王国は日本と中国に朝貢していたのであり、本件のなんとか諸島がフィリピンとマレーシアの間で領有権問題となっている事から考えて、「なんとか王国」はフィリピンとマレーシアに共有で属していたと考えるのが妥当であろう。ちなみに琉球王国は現代では日本領になっており、その法則に従えばなんとか諸島はマレーシア領とするのが近現代の国際法に沿った解決法であろう。文化的な摩擦はあるだろうが、国家的外観として「なんとか王国」を承認する事は私にはできない。あくまで思想的自律回路としての独立しか容認できない。

大国の影で興亡した小国の気概は必ずや思想的な支えとなるが、現実の大国の施政を否定するには暴力装置としての大国の国家機構作用を相殺しなければ現実の国家として主権を行使できないのであって、本件のような「なんとか王国」の独立宣言を認める事はできない。

3月30日

コンゴに国連平和維持軍の旅団が新規に派遣される事が安保理の全会一致で決定したらしい。紛争の両当事者を同時に敵に回しても対応できる程の兵力の後ろ楯のもと両当事者の戦意を喪失させる事を最大の戦略目標とし、民間人の犠牲者を最小限に食い止める事を最高の戦術目標に据え、かつ内戦当事国の内政に干渉しない、そんな微妙な采配が国連平和維持軍には求められる。

具体的には国連軍は、政治的に反政府武装勢力と政府軍の会戦を演出する・戦闘員のみを殺傷する・無駄に民間人を巻き込む戦術に対しては厳しい非難を加えそれに報いる断罪を課す・内戦当事国の主観と国際信義の客観に基づいた情勢判断を行う・紛争当事国の内政と国際信義が衝突する際には（直接の軍事的責任を負う）現場司令官の判断を重視する、といったところか。

国連軍には、国連の軍事的能力を証明し国連の政治的威信を回復する事が求められる。軍事力の正しい行使というものを世界に示す絶好の機会であり、およそ世界の軍務に服する者及び軍事力を行使する主体に希望を与えるものでなければならない。国連の政治的事務処理（根回し）能力に期待する。しっかりした根回しこそ、軍事力行使を正当化する最大の根拠となる。

4月9日

アフガンで国際部隊が武装勢力を空爆したところ、市民12人が巻き添えになって死亡したらしい。やはりアメリカ主体の国際部隊は「（国家理性を保つため）戦争するために」アフガンに来ており、「アフガンをよりよい国にするために」アフガンに来ているわけではないのである。また同様にアフガンのテロリストは「自分の理性を守るために」戦うのであって、「アフガンをよりよい国にするために」闘っているのではない。大英帝国・ソ連・アメリカの三大帝国主義が終息した舞台としての「帝国の墓場」としてのアフガンしか知らない（上記2種の）バカどもに、刀遣いの邦としてのアフガンの恐ろしさと懐の深さを思い知らせるべきである。主観的自主独立のエネルギーさえあれば生きていけるのが刀遣いの良いところであり恐ろしいところである事を私は指摘したい。アフガニスタンという国の独立が脅かされても、どっこいアフガン人は生きているのである。

なお、アフガン人がより良く生きる事を最優先するなら、国際部隊は刀遣いになって撤兵し、テロリストは刀遣いになって納刀するというプロセスが不可欠である。極言すればみんな刀遣いになりたいだけであり、刀遣いの凄さを実証してしまった私に責任がある。ここで、私の言葉から「刀遣いは刀遣いになるのではない。刀遣いに生まれるのである。」を引用しておきたい。いかなる戦争があっても、刀遣いに生まれついていない者はシミュレーションレベルで刀遣いになった気になるだけで、本質的に刀遣いになる事は無理難題である。逆に言えばいかなる平和が訪れようとも刀遣いは刀遣いなのであって、平時に「納刀」できない刀遣いは滅びる運命にある。

刀遣いは滅びの一歩手前で危機を管理できなければならない。私やアフガン人にはそれが出来るが、国際部隊やアフガンのテロリストには真の破滅が見えていないのではないか。真の破滅を見失う事が、刀遣いにとっての破滅である。国際部隊とアフガンのテロリストは、「戦争機械」「自我保存欲求の権化」といった汚名を甘受した上で、もう一度自らの真の破滅について思いを致すべきだ。「そうした汚名こそ真の破滅」と想えれば刀遣いになれたも同然である。

4月10日

日本と台湾の間で漁業協定が結ばれ、尖閣諸島周辺では双方の漁業を取り締まらない事になったようである。尖閣諸島は台湾と沖縄を含む琉球諸島の共有地域でありその海洋資源は沖縄と台湾の共有とされるべきとする私の主張が容れられた形であり、この決断が沖台の利益になる事を確信する次第。台湾と沖縄は、中国と日本の戦略的狙い（中国の台湾領有と日本の沖縄領有）を理解した上で、それすら利用して琉球国建国の第一歩を踏み出したと言ってもよいだろう。琉球国は私の助言を受けて大国のパワーポリティクスの狭間で思想的独立を掲げる事が出来る。私は琉球国の建国に世界政治思想的なアドバンテージを提供していきたい。そこでまずは、この協定が沖縄と台湾の漁業関係者の思想的帰属意識を琉球国へとシフトさせる効果を持つ事を日中両国に対して高らかに宣言したい。日中両国の器が試される。

5月18日

台湾とフィリピンが互いに排他的経済水域と主張している海域で台湾漁船が銃撃され一人が死亡、台湾がフィリピンとの経済交流を断絶する事態のようである。台湾は軍事演習まで繰り出したとか。台湾は戦争したいのかそれとも人命尊重を訴えたいのか。戦争になる見通し・戦略を立てないで軍を動かす事は人命尊重に逆行すると考える。たった一人の命を大事に思う気持ちと、戦略的に国民の命を守る気持ちのバランスを取る必要があるだろう。

もしたった一人の犠牲者のために大局を見失うなら、台湾は国家理性を放棄した事になる。またたった一人の人命を国家理性に優先させる台湾は中華人民共和国とは相容れない人間観を持つわけで、中国の一部としてやっていくにも支障が出てくる。台湾が今まで通り中国の一部・準国家としてやっていくためには、今般の事件において目くじらを立てるべきではないと想う。馬英九総統の本音は「台湾は中国でもなければ国家でもない」というところにあると判断せざるを得ない。

5月21日

日本の元首相秘書官・飯島氏が独断で北朝鮮に渡り、何やら交渉したとか。「アタシ」エケース片手に「私（アタシ）外交」といったところか。安倍政権が人道危機と口角泡を飛ばす拉致問題だが、アレは明らかに「本人の承諾のない移民（渡航費は向こう持ち）」である。しかも結婚相手まで用意してもらって、どの面下げて北朝鮮を非難できるのか。だから拉致被害者本人を含まない拉致被害者家族会だけが気勢を上げているわけである。安倍政権の浮沈が拉致問題にかかっているなら安倍政権はすでに海の底であり、安倍首相は長期政権を安全運転したいなら拉致問題にはこだわらない方がよいと想う。拉致問題は核・ミサイルと比べて明らかに次元の低い問題であり、「仕方なしに・あるいは奴隷として移民してきた」民により形成されたアメリカ合衆国の政府が解決に乗り気でないのは当たり前である。

6月2日

インドで原発稼働反対のデモが警察と衝突し、死者が出たらしい。準戦闘員に死者が出る事は正当な戦闘行為に準じて扱われるべきであり、今回の衝突で死者が出た事は、インドが電力戦争真っ只中である事を加味すれば、国際法的にはそれほど問題ではない。インドは、インド司法が警察による発砲をどう位置付けているか（正当業務行為か殺人か）という法的問題と、インド世論が民間人に死傷者が出る事態をどう見るか（重大視するかスルーするか）という政治的な問題を総合的に考慮し、「インドは電力戦争にある」という私の言説の信憑性を再吟味すべきである。私自身「戦時には人命を奪う言説こそが真の影響力を有する」という真理を曲げるつもりはない。

6月5日

シリアで化学兵器が使われたらしい。シリアに軍事介入するとしたら、法的根拠に依るべきかそれとも政治的根拠に依るべきか。以前にも私が言及した事がある問題である。戦時国際法を国内の軍事紛争に準用する事は、私がイラクやインドでやったように紛争を定式化する機能を多分に有するが、既に紛争たけなわとなったシリアで同様にするのは紛争をエスカレートさせる効果が強いと思われる。従って、シリア内戦に対して戦時国際法の規定違反（非戦闘員の殺傷等）を根拠に軍事介入する事は「合法的だが合目的的性を欠く」と言わざるを得ない。

次に政治的根拠で軍事介入する場合を検討する。政治的根拠としては、シリア政権による反政府勢力弾圧とそれに伴う虐殺を止めさせるというものになるだろうが、そうした軍事介入は容易に比例原則（エスカレーション理論）違反になるし、内政不干渉原則という壁もある。従って、シリア内戦に対して「シリア政情の安定強制」を根拠に軍事介入する事は「政理的に肯定されない」という事になる。では、どうすれば良いのか。イラクの事例から「民主的な戦闘（！）が行われるよう促す」、インドの事例から「戦争原因を究明しそれを解決する」、トルコの事例から「国民の要求をはっきりさせ交渉の糸口を掴む」等が観念される。

シリア内戦の真の問題は、民主的選挙を経験した事がない点、紛争の発端となった「アサド退陣要求」の現実的直接的根拠がない点、国民の総意が「内戦の沈静化」にすら存していない点である。反政府勢力もアサド政権もこの三点に留意すべきであり、どんな形でもよいから紛争を終結させ政治の世界で選挙を通じて解決を図っていく事を私は望んでいる。私は「人民に行使される兵器は破壊されるべき」という点では揺るぎない。シリアに対する軍事介入は、その限度内ならば無条件に正当化されるだろう。結局は、介入した主体が権力を獲得しないか、あるいは獲得しても滞りなく現地政権に委譲できるかの問題である。

6月10日

トルコでデモの規模が膨れ上がっているらしい。参加者は「自由な思想」を求めてエルドアン首相の退陣を要求しているとか。「自由な思想」に言う「自由」とは、相対的なものか絶対的なものか。相対的なものだとしたら、一定の手続きの下に他人のアイデンティティーをローカライズしてその間に自らのアイデンティティーを遊離させる事で実現される。手続きが終了しても余韻として「自由」は残る。絶対的なものだとしたら全ての事象存在のアイデンティティーの変転と同機し、自由を保ちながらそれらをこなし切る事で自らの自由を確固たるものにする事で実現される。初めから備わっている自由の観念を強くするのである。私の思想的自由は両者の併用によって獲得されたものであるが、トルコはどちらの道を歩むべきか。エルドアン首相は前者（相対的自由）を追求しているようである。その手法だと、無理にアイデンティティーをローカライズされた事象（トルコ人民）には思想的自由はないのであり、自由民主主義国家の施政者としては後者の絶対的自由を追求すべきである。それがいわゆる政治力だ。人民に備わっている生まれながらの（固有の）自由を育てる政治を、施政者は行うべきである。

6月18日

スーチー氏がミャンマー大統領選挙に立候補するとか。素直に応援したい気持ちと「落選して政治の現実を思い知るべき」という気持ちが交錯する。一つ言えるのは、国際政治で権勢を持った事象の国内政治への転戦は危険という事である。ミャンマー国民が国際政治をミャンマーの国内政治とリンクさせるかどうか（国家としての政治的境界を設けるかどうか）が問題となるわけで、ミャンマーが日本のようにそのリンクを嫌うかどうかが私の注目点である。世界政治と国内政治は表裏の関係にあり、それらをダイレクトリンクさせるのは危険である。

6月19日

シリアにおけるヒズボラに適用されるのは「勇者が存在しなければ真の魔王は復活しない」の政理である。ヒズボラが武勲を求めて名探偵・勇者気取りでシリアに参戦する事はシリア情勢をさらに混迷させる上、シリアの真の魔王の復活を決定的に加速する真の勇者（無論ヒズボラの事ではない）の出現を妨げる。ヒズボラは「その他大勢」ではないとしても「シリアの主人公」ではないのは明らかである。先の大戦では私と同機し輝きを放ったが、今ではサークルのホモ・サケル（homo sacer）に過ぎない。シリア情勢にコミットする事象が輝きを失う罠がシリアに仕掛けられたのを感知していた私は、シリア情勢にコミットするのを嫌った。シリアに真の魔王が復活して真の勇者に倒されるシークエンスが生起される事を願う。善悪の主人公がいないシリアではグレートゲームのシナリオレベルは上がりようがなく、一般市民の犠牲は増えるばかりである。これが真の戦争、魔王も勇者もいない消耗戦。

6月20日

新たな核兵器削減の宣言を出すオバマ大統領は、核兵器削減には核兵器という存在を肯定している合理を解放してからだ、という私の言を忘れているようである。具体的には、私が核兵器の使用条件に挙げた「歴史的正統性（露）」「資格（英）」「経験（米）」「天の時・地の理・人の和（中）」「技術（仏）」がそのまま反対に作用し、核兵器の存在理由となる。私はオバマ大統領に、下手な核兵器削減は五大国の機構と国家理性を敵に回すと警告する。アメリカの軍産複合体などという生易しい敵ではない。

私はオバマ大統領との個人的信頼関係と五大国の国家理性との親和性となら、後者を選び取る。それが真の刀遣いとしての矜持だ。オバマ大統領の核兵器廃絶はノーベル平和賞を受賞してしまった事もあり後には退けない。私は刀担当アメリカ大統領特別補佐官として、オバマ大統領の後顧の憂いと闘う事にする。核兵器廃絶結構。だが私は核戦争よりは核軍拡競争を選ぶ。

7月2日

クロアチアがEUに加盟したらしい。「西欧」という器に「（荒廃・戦争・核といった）共通の仮想敵に対する防衛手段の共有」を盛り込んだものがEUの創立理念であるとすれば、クロアチアの加盟に際する理念はどう位置づけられるか。私は、クロアチアが西欧文明に取り込まれる形で民族紛争の再発の可能性を解消しようとする今般の統合理念について、EUが受け入れ可能な限りでこれを支持する。EUは旧ユーゴ諸国を取り込んでいくに当たって、その思想的限界を肝に銘じる必要がある。EUの思想的限界は外的統合要因がなくなれば内的統合要因で統合を推進していかなければならない、という事に存する（私見）。民族紛争防止とはさらなるＥＵ拡大の格好のエサなのであり、ＥＵはそうしたエサを食べて生き延びる巨大な権力機構である。民族紛争の可能性を食べ尽くした時、ＥＵはさらに美味なるエサを求め自ら戦争を始めるかもしれない。ＥＵは、合理的な拡大を続けられるうち・具体的にはユーゴ諸国を取り込む間・ユーゴ諸国に民族紛争の火種がくすぶっているうちに、ＥＵ全体の権力機構を戦争導引からプリベントする仕組みを構築しなければならない。具体的には、ＥＵは新しい不戦条約を掲げるべきである。クロアチアの加盟は、新世紀ＥＵの進むべき道を示すものと言えるだろう。

7月3日
エジプトで大統領退陣を求めるデモが膨れ上がっているらしい。私が「今のエジプトでは誰が大統領をやっても支持は得られない」としたのを覚えているだろうか。彼が命を懸けても収まる騒乱ではないわけで、モルシ大統領は彼に期待された「過渡期の重し」としての政治力を失ったと断じざるを得ない。エジプトはしばらく大統領不在とするのが良いと思う。現状で重しとして機能しないのであれば国民の思想生活にとって邪魔なだけである。元首不在のメリットとして流動的な政治力学の素直な発現が挙げられる。対外政治の機能不全という元首不在のデメリットはあるが、民主化の過渡期においては元首不在の方が騒乱が早く収まる事は歴史が示すところである。古代ローマしかりフランス革命しかりアメリカ革命しかり。私もエジプトの民主化の過渡期において私に果たせる役割を果たしていく所存。エジプトは思い切って大統領不在のシステムを構築すべきだ。

7月8日

エジプトで、モルシ支持派と軍が衝突し数十人が死亡したらしい。軍は行動を慎まなければならない。軍が国民との直接の折衝を行う事は、エジプト国民の総意として「今般の事案はクーデターではない」という認識が存在していたとしても、客観的物理的状況として「クーデターではないか」というそしりを免れない。モルシ支持派は知ってか知らずか、軍を挑発し「今回の事案はクーデター」という世評を確定させようとしているのであり、エジプト軍はその策動に乗ってはならない。私は差し当たり元首不在のエジプトを支持し、支援する。

7月15日

アメリカで丸腰の黒人を射殺した白人の男が無罪となり、各地で抗議行動が起きているとか。詳しいニュースは日本では流れていないが、世界思想的問題ではなくあくまでアメリカのローカル問題である。殺人が無罪となるためには正当防衛などの違法性阻却事由が必要であるが、それが「白人が黒人を殺す」というシークエンスに求められるならそれは裁判所として判断を停止したに等しい。アメリカには伝統的な因習がまだ生きており、頭が古い。本質的にイノベーショナルな国家ではなくなったのである。ネオコンの魔法が解けてただの頭の古いおっさんになったが如く。私が「もう大概にせんか、裕仁」のスローガンで日本を昭和の呪縛から解き放とうとしているように、アメリカを20世紀の成功体験の呪縛から解放する大統領の登場が待望される。次のアメリカ大統領選挙で誰が当選しようとも、「私」はアメリカ大統領の職務を上記の意味で実質的に兼務する事になるだろう。

8月15日

エジプトで、治安機関がデモ隊を強制排除し多数の死傷者が出たらしい。エジプト暫定政府が今般のデモ隊排除に係る治安部隊の刑事責任を政治的に正当化すればするほど、軍によるモルシ前大統領の解任劇がクー・デターであった事が明白となる。エジプト暫定政府はエジプト政局安定のために、治安部隊の現場指揮官を業務上過失致死で訴追すべきである。

当法廷はムバラク大統領も業務上過失致死で訴追（死刑求刑を却下）しており、同じメカニズムで治安部隊現場指揮官の訴追を主張する。個人の責任ではないところで事態が動く事を私は懸念する。革命が実現した暁のビジョンとは「個人の責任で民主主義を実践する事」にあると私は考え、革命に逆行するムスリム同胞団及び暫定政府の振る舞いを強く非難する。エジプト人民は私と共にある。エジプトに「私」の民主主義を！　そして沈黙を味方にした魂の静けさを。

8月27日

仮に、（ロシアのマスコミが言うように）今般のシリアでの化学兵器使用が欧米の介入を呼び込むための狂言だとしよう。イラクの場合と違うのは、その狂言がフセインという権力者ではなく、市井の人々によって仕組まれたという点である。市井の人が真の民主主義を勝ち取るために武力介入を自ら呼び込む構図であり、それはアラブの春の考え方の一つと言える。彼らは精神異常者ではなく革命家だ。欧米が武力介入した場合、その事自体は事態を良い方向に導くよすがになり得ると考える。つまり化学兵器使用が狂言であった方が真の勇者が存在するという意味で事態がコントローラブルなのであり、この点でロシアのマスコミの論調は妥当でない。欧米としてはロシアの言い分は気にせずシリア介入を逡巡すべきである。

ただ私は個人的には、私の情勢分析が的外れである事すなわち今回の化学兵器使用が狂言であって欲しいと強く願うものである。正式の所属が反政府側かアサド政権軍かという問題ではなく、紛れもなく「私」主義過激派によるものである今回の化学兵器使用あるいは狂言は、シリア内戦の紛争強度を一段階引き上げるものであり、真の勇者の出現につながると確信する。その意味で、グレードゲームのゲームマスターとして、私は今般の化学兵器使用あるいは狂言を条件付きで支持する。これで相当情勢分析がやり易くなり、事態もよりコントローラブルになった。

ただし、その攻撃はシリアの敵を倒すためのものではなくあくまで「紛争を定式化するため」のものでなくてはならない。被害者感情と権力を分かちがたく結びつける「刀」というツールを持つ「真の勇者」がシリアに出現する事を究極目的に据えた各アクターの行動は、真の名誉ある行動として国際社会の支持を獲得するだろう。あくまで「紛争を定式化する」限度で、軍事力行使は条件付きで正当化され得る。

8月28日

シリアにおける今般の化学兵器使用は紛争を定式化する効果があり、その限りでのみ条件付きで肯定される（グレートゲームの論理）。たとえこれが狂言であっても、欧米にはシリアに軍事介入するだけの正当性がすでにある（人道的論理）。ただし欧米による軍事介入は、シリアの紛争のさらなる定式化を目的とした限定的なものでなければならない（地域不安定化防止と内政不干渉原則）。「刀」を帯びた「真の勇者」（紛争を解決する主人公）がシリアに出現するための呼び水として、人民を攻撃する兵器の破壊を目的・態様としたシリアに対する欧米の軍事介入を、私は支持する。

8月30日

化学兵器使用の証拠がなければ介入は正当化されない、とするイギリス野党の論調には失望している。武力行使があり多くの人民が死傷している事は、介入の正当化原理にはならないのだろうか？　軍事介入はあくまで「紛争の解決」ではなく「紛争の定式化」を目的・態様としなければならない。政治的解決のよすがとして私はシリアに対する軍事介入を支持する。

9月1日

欧米は勘違いしているようだが、シリアに対する軍事力による介入は「欧米がシリアの嫌われ者を買って出る」以外の何かではない。その意味で各国民意が反対に動いているのは正常である。今般の対シリア軍事介入は、人民を攻撃する兵器を叩く（人道）・シリアに悪を現出させ、真の勇者の出現をアシストする（グレートゲーム）・なんだか煮え切らないオバマ大統領を先鋭化させ、彼の本気を見る（アメリカ政治）・人類の数を減らす（環境問題）といったメリットがある。デメリットはカネがかかる事ぐらいである。カネをかけさえすれば、数々の政治的難問が解決するのが「善い軍事力行使」である。ちなみにイラク戦争は「悪しき軍事力行使」の手痛い前例となった。
子ブッシュ政権は人道とグレートゲームとアメリカ政治と環境問題に取り返しのつかない爪痕を残したのである。世界は、私がやっと「人類の数を減らす」というグレートゲームのアクターであるならば不可避である使命に目覚めた事を、手放しで喜ぶべきである。私が支持した戦争は必ず「善い軍事力行使」であった。対シリア軍事介入も悪いようにはしない。「私」とは、史上最も多くの人民の殺傷に思想的に立ち会っている事象である。

9月5日
シリアへの軍事介入はアメリカ上院では可決されたが下院では劣勢らしい。「シリアにアメリカの国益があるのか」という疑問に対しては、人道的理由では不足というなら軍事的理由を示したい。アメリカはその軍事力の真の役割を模索しているが、私はシリアへの軍事介入によってアメリカ軍に新たな役割を持たせようとしているのである。アメリカ軍のあるべき役割とは、その圧倒的な軍事力で紛争を定式化する事に存すると私は考える。シリアにおけるアメリカの国益とは、「アメリカの軍事力の最も有効な使い方を実践する事」にあるという事である。アメリカの歴史的役割とアメリカ自身のために、アメリカの軍事力が無用の長物ではない事を示すべきである。

9月11日

ロシアの提案したシリアの化学兵器の国際管理化は軍事的実態としてまず不可能であるが、シリア政府がそれを支持した事についてはシリア政府の主観を確認できた事で一定の評価をしたい。ＥＵと中国がそれを支持した事については、同案が政治的解決の一つの方途として支持し得るに過ぎずシリア情勢を好転させるだけのインパクトはない事を両国が認識しているのか疑問符が付く。アメリカによる軍事力行使の勢いを削ぐ効果があったが、シリア・アサド政権の軍事力がシリア国民に向けられている状態を少しでも改善しようとする私の圧力をロシアは理解していない。軍事介入を断念する事はオバマ大統領の専権事項であるが、「議会承認後に総合的判断で武力行使を断念」が彼のアメリカ政治的威信にとり最もプラスである事はアドバイスしておく。ロシアの提案は政治的実態が伴っておらずセンスしかない。ＥＵは軍事的実態に対する認識が甘い。中国はセンスがない。アメリカは軍事力の効果的な使い方を模索している。フランスは専ら国連工作。これがここ百年のグレートゲームの現実だ。

9月18日

シリアにおける先の化学兵器使用がロシアが言うように「反体制派による挑発」であるならば、ロシアの言う「シリア政府の化学兵器の国際管理」によってはシリアの化学兵器は制御できない事になる。つまりロシアの論理はシリア情勢の安定化を目的としていないか、あるいは根本的に矛盾している事になる。いずれにしてもロシアに対する国際社会と私からの不信感は増大すると言わざるを得ない。ロシアが自身に対する不信感を払拭するには、「アサド政権側・反体制側いずれかを問わず化学兵器が使用された事実を受け止める事」「アサド政権軍による民間施設への多数の砲撃事案を公式に問題視する事」「「私」主義過激派による虐殺を欧米と共に非難する事」が必要不可欠である。ロシアのアサド政権を擁護する姿勢には決定的なものが欠けている。「非戦闘員の人命尊重」という国際法の理念が、である。取り繕っても私には分かる。ロシアの言うように化学兵器の使用が「反政府側による挑発」であるならば、シリア軍による民間施設砲撃は「シリア政権側による挑発」であり、同様に問題視すべきである点を繰り返し強調したい。ロシアはやはり20世紀の悪しき伝統を克服できない「人命軽視国家」なのか？　私を幻滅させないでもらいたいものである。

9月25日

中東情勢で重要な事は、「私」という観念的言表行為主体がローポリティクスにおける大量殺人に運用されているという事である。私としては人類の数を減らすというグレートゲームのゲームマスターとしての使命と、非戦闘員の人命を保護するという国際法の理念との板挟みであり、世界政治に携わる者ならば必ず通る思想的試練に直面している。今までは善人面して非戦闘員の殺傷に対して思考停止して冥福を祈りつつ非難していればよかったが、これからは思想家として人類の数を減らすという要素が混ざり、どっち付かずになる可能性が懸念される。

しかし、テロリストのように思考停止して「人類の数を減らす」事に勤しむより、どっち付かずの揺れる心で「ああでもない・こうでもない」と逡巡しながらやった方が結果的に戦略的に効果的に人類の数を減らせる事は証明されているので、振り切れる事はせず人命尊重を訴えながら人類の数を減らしていきたいと思う。そこで中東のテロリストには、世界戦略的に肯定されるテロのみを行うよう具申したい。国家理性を体現した主体「私」によるグレートゲームの文脈で行われるテロリズムを私は肯定する。「私」のご利用は計画的に。

10月2日

アメリカで予算が議会を通らず、政府機関が閉鎖に追い込まれているらしい。アメリカという名の戦争機械が一時的にしろ停止した事は、何よりアメリカにとって良い事である。予算執行前にアメリカ政府がやるべき事は、停止中のいざこざを野党共和党に責任転嫁しつつ、シリア危機で高められたアメリカの国家理性に巣くう戦争欲求を解消する事である。アメリカが理想とする合目的的私心なき軍事力行使は、戦争欲求を解消した先にしかない。アメリカの理想を実現するためのしばしの休息が、今般の政府機関の停止なのである。世界の投資家のアメリカ経済に対する信頼がアメリカ政府が閉鎖しても揺るがないのは、アメリカ政府には今は休息が必要である事を折り込んでいるからであろう。アメリカは頭空っぽで思考停止できるようになった。状況に応じて頭空っぽで思考停止できるようになる事はprinceの必須条件である。

10月5日

アメリカ・ホワイトハウスに34才の女性が車で突っ込もうとして警察に射殺されたらしい。統合失調症と双極性障害の治療を受けていたとか。アメリカは思考停止しながらも平和ボケはしていないようであり、「国家総動員か平和ボケか」という昭和時代を克服できていない日本国がアメリカに真に見習わなければならないのはそういう処であろう。今般の射殺事案（アメリカの闘争を刺激する試み）につき、アメリカという国家の可能性と限界（思想的自衛のためには無辜の民も殺す）を見た気がしている。

10月10日

イギリスの製薬会社グラクソ・スミス・クラインが、マラリアのワクチンを開発したらしい。伝染病による死者数を劇的に減らす事が期待されるらしいが、グレートゲームのゲームマスターたる私としては、いよいよ世界大戦を定期的に起こして人類人口を調整するシステム「PAX LEONA」を開発して軌道に乗せなければならないプレッシャーを感じている。それは、9次元世界観に基づく量子重力理論を基調としたGPA理論の発現として生起される、人類と地球と人間個人を救済する21世紀型世界権力管理システムの俗称である。それは、獅子が愛する子供を千尋の谷に突き落とし這い上がって来た子供だけを育てるという伝説に対置される、百獣の王の名を冠する愛と自然の掟を体現した人類古来の次善の究極合理を定式化した物でなければならない。またそれは、共産主義のような人間ならぬ神のシステムではなく、あくまで人間による人類人口管理システムとして戦争と平和を司る、あらゆる意味で人道主義的なシステムでなければならない。乞うご期待。

10月25日

ドイツ・メルケル首相が、「携帯電話を盗聴されている可能性がある」とアメリカを非難したらしい。たとえ盗聴されていたとしても、我々はメルケル首相の言を単なる注察妄想の産物であると断じなければならない。ドイツ国家は、元首が政理的に正当化される精神障害を発症する程には偉大ではないのであって、それは世界精神を体現しグレートゲームを管理する私にのみ許された専権事項である。メルケル首相はその尊大な自意識とドイツ国家の劣等性を掻き抱いてドイツ国家を誤った方向へ導くのではなく、必要に応じて精神科へ通院し無難に任期を終えた上で適切な加療のもと静かな余生を送る事を忠言したい。精神障害を来した政治家はその病理を政治的に顕現させるのではなく、医療的アプローチであくまで個人の問題として処理すべきであり、政治の職能的規範意識を持つ身ならば国家政治を不必要に混乱させてはならない。かのアドルフ・ヒトラーは精神科に通院して適切な治療を受けなかったためにドイツ国家と世界を誤った方向へと導いた。「精神障害を患った元首は必ずや人類人口を減ずる事に多大な功績を残す」という歴史の真理を識る者として、アンゲラ率いる現代ドイツ国家にはそのような事になって欲しくない、という事である。私がメルケル首相の政治手腕については信頼しているからこそのアドバイスであり、私なりの個人的援護射撃である。ドイツの技術力は人に厳しい。

10月31日
天安門に車が突っ込んで炎上し5人が死亡したらしい。国府へのテロ行為について、アメリカは射殺・中国は事故扱いで対処した。国柄がよく現れており痛快ですらある。いずれの場合も、一般通常の社会生活に困窮し国家理性の戦争欲求を刺激して自己の思想的な生存を図る事を目的とした事象だと私は断定する。中国政府は、「私」を積極的に政治的に動員すると漏れなく硬軟織り混ぜたテロ行為に見舞われる事を肝に銘ずるべきである。

かと言って政治的停滞は国家破綻を来すため、世界各国は「私」を適度に動員し（信義則に違反しない程度に「私」から権力を引き出し）、国家政治を切り回す必要がある。

テロの原因は貧富の差ではない。己れの権力欲求・器に見合うだけの権力を保持しているか、すなわち「為す処を得」が実現されているかという問題である。己れの権力欲求に見合う権力がないと権力欠乏となり、己れの器に見合わない権力を保持すると権力過多となり、そのいずれもが魂の牢獄への片道切符である。私は克服したが、中国には克服できないだろう。中国は政治思想的に自然に振る舞うべきだ。共産主義は現実レベルで適用すべきではないのだから。

11月1日

中国政府が今回の天安門での事故を「東トルキスタン・イスラム運動」によるテロだと断定したらしい。「犯人の処罰が法秩序に資する」と。この中国の言は、関係妄想と字面合理主義の産物であると断じざるを得ない。ちなみに、関係妄想は自分が組織的陰謀にさらされていると感じる精神障害の症状であり、字面合理主義は中身の伴わないきれいごとに引きずられて人間性を失う破綻した思想である。はっきり言って、21世紀中国には毛沢東思想は不要である。「敗者復活の思想」としての叩き上げの共産主義が21世紀中国にとって不要であり、命を賭けて毛沢東の肖像を燃やすようなテロ行為について、中国なるものはこれを心の奥では喜んでいると私には感じられる。中国は共産主義をシミュレーションレベル・思想に限定・昇華し、現実レベルで共産主義を適用する「関係妄想・字面合理主義」を卒業すべきである。

11月10日

モルシ前大統領が法廷で被告人として演説を行い裁判議事を妨害したらしい。「法廷で被告人として演説する」というシークエンスの成立自体が、モルシ氏が既に大統領としての政治力を失っている事を示している。はっきり言って一般人にも出来る事だからである。前大統領なら前大統領らしく、法廷闘争ではなく政治的チャネルと組織力とあと何だっけを活用すべきである。それをしないのはモルシ氏個人の政治的チャネルや組織力が小さいからであろう。エジプト大統領として現職中にそうした事象を拡大させる努力を怠った事が、革命のメカニズムを最大の要素とし僅差で成立したモルシ政権の政治的敗北の根幹である。法的に有罪判決が出ても隠然と権力を保持し続けるエジプト大統領の職務は、モルシ氏には荷が重すぎたと言わざるを得ない。無論モルシ氏の根回し下手もあるが、ムスリム同胞団の本質的非合法性向と軍の立ち回りの巧みさが無視できないファクターである。

私は民主主義を担保する限りにおいて軍を支持する。刀（武力）による精神修養と思想敵の排除は心の形を適正に保つのに不可欠である。しかし私はムスリム同胞団の宗教原理主義を支持しない。もっと思想レベル・シミュレーションレベルに昇華させないと宗教原理主義は現代の現実では機能しないという事を肝に銘じるべきだ。私は日本・刀教（にほん・かたなきょう）の信者である。

11月20日

韓国が、日本国の初代総理大臣であり朝鮮総督府初代長官でもあった伊藤博文を暗殺した安重根の記念碑を建てるとかで日本国とモメているらしい。日本国官房長官は安重根を犯罪者だと言うが、私見では安重根は犯罪者ではない。また韓国は安重根は英雄だと言うが、私見では英雄でもない。彼は英雄的行動を取った精神障害者である。当時の国家理性を体現していないという意味で。当時の韓国は大日本帝国の妻であり、それを望むと望まざるに関わらず伊藤博文の暗殺が二国間の恋愛関係にとって生産的でなかった事は誰の目にも明らかである。その後の歴史的展開で結果的に日韓は離婚したが、それを受けてあと知恵的に安重根による伊藤博文暗殺を先見の明として独立闘争の流れに位置付けるのは、それ以外の政理と情理を無視する暴論である。

今般のいざこざは、日本の配慮不足と韓国の認識不足（互いの不作為と故意過失）が原因であり、喧嘩する程仲が良いというわけで、私のような良い仲人が両人に付けば時代を越えた復縁もあり得ると思われる。私はＧＰＡのprince（恋愛の仮想敵）として世界中のカップルの精神的・思想的な仲人になった実績がある。日韓という二国の仲を取り持てる仲人は私だけだろう。日韓の間に出来る子供が楽しみだ。

11月25日

中国が尖閣諸島上空に防空識別圏を設定し日本が抗議したとか。尖閣諸島は歴史的経緯から言って明らかに琉球（台湾と沖縄）の領土であり、琉球（台湾と沖縄）は歴史的・文化的に日中に朝貢した後にそれぞれに二分されている事を考えれば、尖閣諸島は明らかに日中共有とすべきである。それを考えれば、日中の防空識別圏が尖閣諸島周辺空域で重なっている現状はむしろ理に適っており、「日本政府の反発には道理がない」とする中国外務省報道官の声明はどこまでも正しい。それに対して日本政府の「尖閣諸島は我が国の固有の領土」という主張は、21世紀の国家政策としては頭が固く、創造的生産性がない。

日本政府の態度の硬化（防衛政策の外交政策に対する優越）は、日本政府の軍国主義化の兆候である。日本国安倍首相のその緊張を煽る言動は、私の目指す方向（思想レベル・シミュレーションレベルに日本の軍国主義を限定する）と政府自民党の目指す方向（思想レベルで昭和の敗戦を繰り返す）とが、微妙にズレている事を意味する。日本国政府は、日本の国家理性のゲシュタルトを崩壊させ我が世界精神に対する心理的依存と、自国の世界政治に対する親和性が乏しいという自覚を新たにすべきだ。日本国の政治家は、世界精神と格闘するには頭が固い。

12月2日

エジプトでテロ取締法に反対するデモ隊に警察が発砲し、学生が一人亡くなったらしい。私見では、テロは取り締まる対象というよりは心を通わせ政治に生かす事象である。テロは若者の悲痛な叫びである場合が多く、それを取り締まるデモに参加した若者が死亡した今回の事案は、テロの本質を「略（先述参照）」だとする私も見過ごせない。事件を受けて私は、エジプトの国家理性において「ここらで学生でも一人殺しとけ」という声があったのではないか？ という疑念も持った。それが物語性を持っていればいる程エジプトに滞留する事象量子が上方遷移しエジプトの抱えている思想的問題が浮き彫りになりドラスティックに解決する事が可能となる。

無論銃を発砲した警官には殺人罪が、それを使役し利益を得たエジプトの国家理性には業務上過失致死がそれぞれ求刑されなければならない。そもそも国家理性は「業務上過失致死を擬制される事象存在」であると言える。人間によって作られた組織は人間の手を離れて存在すべきではないわけで、国家理性を管理する事象が存在しなければならない。そのような国家理性を体現する事象はその思想的責任として業務上過失致死を擬制される（思想の受け手の人生に責任を持つべき）のであり、それを体系的に国家運営システムに組み込む「責任国家体制」があらゆる国家機構において成立しなければならない。世界には「業務上過失致死」を法概念として規定していない国家も多いが、エジプトの国家理性は政治システムによって生起される殺人について責任を取らな過ぎである。お前はアメリカか。エジプトよ、目を覚ませ。アメリカの世紀は終わったぞ?

12月23日

タイの政局が混迷しているらしい。プミポン国王は政局への直接的アプローチを行っていない。私見では、タクシン元首相がタイ国民に嫌われたり好かれたりする根本的な理由は、先の大戦中に経済対策を旗振りしたからである。「新自由主義に基づく戦争経済(別名ブッシュ家の経済対策)」というフェイズを持っていた先の大戦は、世界各国で格差を助長した(それは99オキュパイ運動の連帯感に繋がる)。それがタイにも根強く定着していると思われ、タイ国民はタクシン元首相に格差を定着させたイメージを抱いてしまっているのであろう。それは実際にタクシン元首相が在任中にどんな経済対策を具体的に実行したかに余り依存しない。戦争で売名した政治家は平和主義者にとっては邪魔なのだ。そしてインラック首相もタクシン氏のそのイメージを継承している。政治家個人にはいかんともし難いそうした政策に対するイメージは、どんな政策を取り繕っても良くも悪くも完全には払拭できない。

タイ国民の今般の大規模デモは、タクシン支持派つまり格差肯定派の減少と抜本的格差是正つまり社会主義的な政策を求める層が増大している事を意味していると私は考える。

12月25日

スーダンPKOで韓国軍が日本国自衛隊から弾薬1万発を借りて問題になっているらしい。問題の本質は、日本国の集団的自衛権行使につながるかどうかである。大局的には韓国から助力を要請されて日本国が集団的自衛権を行使した事例は既に存在するが、その結果日本国は破滅し韓国とも離婚した。今般の事例は韓国軍末端の政治的暴走と日本国の場当たり的対処の産物であると私には思われ、その結果として日本国の軍事的暴走を懸念する韓国政府のコメントは思想潮流の観点から首肯されなければならない。

ただ、スーダンの状況を好転させる事を考えた場合PKO派遣国同士の連携を高めておくのは悪い事ではない。その意味において、藁にもすがりたい紛争現場の指揮官として弾薬供与を要請した事は、政府上層部によって否定されるべきではない。そこで私は、弾薬供与に「もし日本軍が暴走したら、韓国軍はその弾薬で日本軍を撃ってくれ」という条件を付けたい。それこそが韓国軍現場指揮官の狙いであるとすれば、その慧眼には私からの全面的な支持が与えられる。私は大局的戦略を視野に収めながら現場主義を重視する政策をこれからも堅持していきたい。日韓の友好は現場から。

12月28日

エジプトで軍主導の政権運営に反対するデモが起き、治安部隊と衝突し死者が出たらしい。エジプト暫定政権がデモを許可制にした事は、日本法にいう道路交通法の「道路の通行を妨げない事」に抵触するデモについてテロに準じた扱いにして違法化する事であり、それ自体は文明国ならば当然の措置である。ムスリム同胞団はあくまで無手勝流のテロに準じた行動でしか意思表示をする気はないらしく、エジプトが文明国である事を標榜するならムスリム同胞団を中世の遺物として自発的解散に追い込む必要があるだろう。ムスリム同胞団の精神はエジプトの国家理性と共にあるが、ムスリム同胞団の政治手法はエジプト国家にそぐわない原始的なものである。軍主導のエジプト暫定政権は、ムスリム同胞団とのやり取りの中で彼らの思想的エッセンスを抽出しそれを文明的に具現化する事で、エジプトの国家理性でもある「私」を感得してしまい悪用しているムスリム同胞団を解散に追い込む事ができる。これは世界精神たる「私」を管理する私からの切なる願いというか命令である。ムスリム同胞団の精神は世界精神の一部となり輝き続けるが、それは現在のエジプトの私政治においてはまさに無用の長物とも言える日常の潤いに反する思想である。思想は日常の潤いを実現する限りで有用である。ムスリム同胞団は、平時において日常を犠牲にした思想的営為は支持者を減じるだけだという事を理解すべきである。エジプトに平和を！

12月30日

ロシアのソチの近くで自動車爆弾が爆発したり駅で自爆テロがあったりした。戦争を「国家理性体現主体が国際政治システムの中で殺人を犯す」と定義する私の立場からすれば、今般のテロは戦争類似事象である。そもそも戦争においては、非戦闘員であっても思想的あるいは経済的に戦闘行為に加担するような準戦闘員の役割が重要である。その意味で敵国の銃後に脅威を与える事は戦略的に正当化されるが、敵国非戦闘員に対する残虐な殺傷行為が自らの安全を脅かし純粋で高尚な戦意を喪失させる事が問題なのだ。その意味で自爆テロは政軍戦略論の一つの到達点である。この事は世のストラテジストなら首肯するところであろう。

２０１４年

2月17日

マララの本質的問題は「女性の教育」の必要性を主張している事にある。ＴＴＰもボコ・ハラムもそれに反対しており、両者ともマララを暗殺しようとするのをやめないだろう。もし私がマララを暗殺するなら、全てのテロ活動がマララ的なものの撲滅に向けられている事を主張しマララが責任感から自殺するように仕向けるだろう。テロリストの考えている事は私にはお見通しである。マララの主張は道理であるように見えて、反発者の暴力のハケ口を用意していない時点でエキゾチックでイレギュラーなものである。

またボコ・ハラムもパキスタン・タリバン運動もまともな教育を受けていないという現実がある。マララの言説は未来に向けられており「過去にまともな教育を受けられなかった社会の構成員を教化する」という世界政治の大事な役割から言ってナンセンスで非生産的であり、阻害要因にすらなり得るのである。マララは他人を教化できる能力を持ち合わせていないにも関わらず教育の重要性を主張しており、無責任である。マララが本当に教育の重要性を主張するためには、パキスタン・タリバン運動やボコ・ハラムの構成員を教化する必要がある。それが伴わなければ、マララは単なる個人的観念を世界政治で吐露したに過ぎない。

私は最初から教育が不十分な事象を教化する目的・態様・機能を意識して展開しており、パキスタン・タリバン運動もボコ・ハラムも「私」の影響下にある。スーパーハイポリティクスにおいてはそうした事象の教化も例外的に可能なのである。だがさしもの私も、パキスタン・タリバン運動に女子教育を認めさせたり、ボコ・ハラムに西洋的教育を認めさせたりする事は無理だと考えている。私が彼らに教えられるのは「スーパーハイポリティクスにおいては、タイミングと方向次第で暴力も肯定される」という事である。マララに対する暗殺未遂の正当性は、現在マララがイギリスでまともな教育を受けているという事実に存する。マララはその正当性の受益者であるが故に、パキスタン・タリバン運動やボコ・ハラムを教化する事をライフワークにする定めを背負う事になる。そしてそれは「私」を体現していると自認する現在16才のマララには不可能である。

またマララは教育の本当の恐ろしさを知らない。レールに乗れない者をドロップアウトする制度の恐ろしさとレールに乗らないと走れない者の弱さを。私は日本の教育制度の産物ではなく、「教育を受けさえすれば」という教育万能主義に陥る事は絶対に避けなければならない。つまり、「私」はマララではない。

2月22日

野党支持者がウクライナやベネズエラで蜂起しているが、私は彼らが「単なる反与党」ではなく「あるべき理想の政治」への渇望と「政治そのものへの不信感」を主張しているように感じた。与党が「私」を分有していない・野党が「私」を分有していない事からくるものであり、今現在の日本を含め全世界共通の現象である。原因は、「私」の政治思想が現実的対応限界を少し越える高さにあり現実に実践不可能であると言ってよい事、そして「私」の理想が全人類的に共有されている事である。「私」は、微視的個人的な認識領域（スーパーロー）と極大事象的な認識領域（スーパーハイ）にだけ存在するように私が調整してそう機能しているが、かように各国の政治的リーダーにとっては迷惑な存在である。何しろいかなる政治を行っても「私」を完全に分有する事はギリギリ不可能であり、逆にミドルポリティクスで政治力を発揮すればする程自己意識としても社会的アイデンティティーとしても「私」から乖離していくのである。

つまり、私がこの『言の葉』で「私」を唱導すればする程世界政治は進退不能になってしまい、政治的停滞に繋がるのである。だからこそ私は「私」を政治的中立と政治合理の権化から解放し、パーソナライズ・カスタマイズするのである。私は覇権政治力を滞留させ異次元に係留するのを止め、経済合理と政治学とのダイレクトリンクを立ち上げ、覇権権力を縦横に活用し、私腹を肥やす事にする。「私」を現実的事象に引き下げる（「ツァラトゥストラ／ニーチェ」に言う下山）事で世界政治家が「私」を分有するチャンスを提供する。その結果世界大戦が起こる可能性がある事を承知の上で。世界政治家と人民は、私の決断を尊重し各自で「私」をパーソナライズしカスタマイズするべきである。その結果「私」が演出した世界的思想平和が崩れる事になろうとも。

「私」は私となり、現実的政治主体として世界の事象の地平線上に誕生する事になる。それは堕天なのか、ワード・インカーネイトなのか。私に新世紀の政治の方向性の決定権が委ねられた事について嬉しく思い、私は未来への希望に燃えている。

3月2日

ロシアがウクライナに軍事力を投入するようである。この軍事力投入がプーチン大統領において「自衛である」という認識なら、それはロシア的パラノイアであると言わざるを得ない。

ロシアにとって、ウクライナが親ロシア的でなくなる事（それは親EUとは必ずしも同じでない）は死活的利益ではない。ウクライナにおけるロシアの死活的利益とは、ウクライナがロシア連邦に思想的に帰属意識を抱く事である。軍事力の投入はその vital interest を損なうと言わざるを得ない。ロシアは思想的に優位に立ちたいのか？それとも地政学的に既得権益を守りたいのか？私なら名目的な地政学的既得権益を放棄する事によって思想的優位にアプローチする。ウクライナはEUのやり方で経済的に潤い、ロシアのやり方で思想を逞しくすべきである。世界下院・ウクライナは親ロシア的であり続けるし、世界上院・ウクライナは親EU的であり続ける。そのバランスの維持こそがロシアとEUの責任である。今回のロシアの軍事力投入はそのバランスを崩す試みであり、私とウクライナの国家精神はこれを許容しない。ロシアはウクライナにおける思想的優位のために、EUの対ウクライナ支援を受け入れるべきである。

3月3日

中国・雲南省で起きた無差別殺傷事件は、恐らく日本の戦略的剣劇アクションゲーム「三國無双」及び「戦国無双」を現実でやった「だけ」である。ウイグル系テロ組織の仕業であるハズがない。三国志で雲南と言えば猛獲であり三國無双シリーズのプレイヤーキャラクターに抜擢されているが、恐らく本件の犯人らは「猛獲率いる南蛮」というアイデンティティーを持って「三國無双」をプレイしたところ、見事にゲームに本質を持っていかれて「戦国無双」の忍者と成ってしまい、「観光客=敵雑兵」と認識してバッタバッタと切り捨てて一騎当千を気取っていたのだと思われる。

中国当局による銃殺は正しい対処方法である。中国はこのメカニズムを「ウイグル系テロリズム」と形容するが、ウイグルを引き合いに出して中国の一体感醸成に利用する中国のむき出しの政治合理に、私ははっきり言って半ば呆れている。中国共産党は21世紀のスーパーハイとスーパーローとネガティブミドルにおいて世界の指導的立場に立つ力がありまた立たなければならないが、中国自身の思想を体現している私の尖兵となる事を望み暴発し死んでいった中国の若者を中国政府が異質なものとして扱う事は、中国の国家理性(それが仮に存在するのならば)に背反的である。

共産主義における神すなわちアッラーの尖兵となり死んでくれた若者の存在を私は心強く思うと同時に、次の大戦の意思決定を待つべきだと改めて主張したい。中共もイスラムも侍も騎士も全ての刀遣いは思想神アッラーと共にある。ただしアッラーが人口減に舵を切った時、自らが神格化される事を恐れずそれをコントロールしそれに抗えるか？　それが全ての刀遣いに課された難題である。中国は諜報機関に電脳部を設置し、日本の新作ゲームをやりこむセクションを作るべきである。

同日

クリミアは伝統的地政学的にロシアの土地であり、南東ウクライナは親ロシアの土地柄であるが、ロシアによるクリミアの割譲は許されない。ロシアが武力行使をちらつかせて（武力による威嚇を使用して）ロシアへのクリミア編入のナチス的合法性を獲得しても、欧米は伝統的地政学的な利害を超えて反ロシアで結束するだろう。私は、クリミアの民がロシア編入を希求しても合法的に行う事は現状ではまず不可能と考える。私個人が日本から独立して世界連邦に帰属するようなものであり、1クリミアの国家主権の不在、2法実体上の手続きの不備、3政治的手続き上の瑕疵（3点とも思想レベルのみしか満たしていない）等の観点から、分離独立の合法性を獲得する事は不可能だからである。クリミアがロシア連邦に帰属するためには、1クリミアがロシア軍を排除して国家主権を確立し、2ウクライナからの当該地域の正統権力の委譲を受け、3ロシアによるクリミア主権への脅威を排除しなければならない。そうした気配りすらもない中でクリミアの帰属を云々する事は、政治的に正当化できない（今回のヤヌコビッチ退陣の政変にはそうした気配りがあった)。クリミアの気持ちも解るが、政治的に物事を進めるには順序というものがある。

3月10日

私は本質的にイスラム的に認識領域を開閉し、世界の思想的なテロリズム・ネットワークから脱落する事を決意した。原因はテロリズムの覇権に対するアピールがごく微力になった事、つまり私が世界のテロリズム・ネットワークにたゆたっていた権力なるものをほとんど奪い取った事である。覇権にアクセスする最も簡便な手法であったテロリズムはその役割を終え、単なる人口を減ずる行動でしかなくなった。再び覇権が人口減を希求しない限りテロリズムは用済みとなったのである。私はテロリストの思考を読み切れなくなってきている。「私」の覇権が自然に考えの読める事象すなわち私と思考・思想を同期している事象を精確に追っていく事をその一つの権力源にしている以上、私はそうした事象の思考・思想に多大に影響し合うが、現状の世界政治ではそれは欧州と中国である事は前述した。簡単に言えば、テロリストは現今「私」を体現していないわけである。私はロシアクリミア問題では欧州側に、日本ゲーム問題では中国側に明確に味方する。政治的中立性をかなぐり捨てたと言うよりも、自然に政治的中立性を脱皮できたのであり、私と世界精神の成長・進化の観点から有益であった。アメリカもこの点で私に倣うべきである。悪いようにはしない。

私が欧州と中国の肩を持つ事が、世界のパワーバランスを保つ上で次善の策である。そして政治とは次善策の積み重ねなのだ。

3月14日

ウクライナでの刃物によるデモ参加者殺傷事件は、ウクライナにおけるロシアの思想的優位という現実認識を刃物によって共有した、政理的には肯定的だが危険な事案である。私はGPA理論の感得者・実践者として刃物による政治的殺傷事件を解明する責務があるが、今回の殺傷事件はロシア的にはウクライナにおけるロシアの権勢を高める効果がありながら、世界的にはロシア的な野蛮さを喧伝する効果がある。ロシアの国家理性はこの事案を肯定的に見るだろうが、欧米初め世界は否定的に見るという事である。また中国長沙で起きた刃物による市民の殺傷事件は、先日の雲南の事案と同じく「三國無双」の実戦である。長沙は三国志においては劉備が諸葛亮の計略によって手に入れた南荊州の一部であり、孫権の周瑜と角逐した地として有名である。中国の思想状況はゲーム的な易姓革命の真っ只中であると言え、これからも刃物による殺傷事件が中国全土の三国志ゆかりの地で発生する蓋然性がある。

原因は中国共産党の不徳はもちろんだが、日本のゲームクリエイターの無神経さも関係している。中国は自己批判を鋭くすると共に対日で強硬姿勢を硬化させてよい。私は「刀は人間を殺傷するツールではなく、思想を逞しくし国家を斬るツール」と認識しており、私見では今回の両事案が政治的に肯定的か否かは今後の事態の推移において「刀が国家を斬るか」にかかっている。ウクライナのロシア系住民はウクライナの国家理性を斬ろうとし、中国のゲーマーは共産党政権を斬ろうとするわけだ。ウクライナの国家理性を斬ってもウクライナ国民にメリットはない。ウクライナの国家理性を掌中に収めコントロールする事がウクライナ国民の死活的利益だとすればウクライナの国家理性を斬る事はそれに逆行する行いである。従ってウクライナの国家理性との親和性において突出している私は、ウクライナの国家理性をウクライナ国民がコントロールする限りにおいてロシアによるウクライナ領内での武力行使を支持する。クリミア割譲などもっての他である。

また中国の易姓革命は、封神演義にしても三国志にしても水滸伝にしても「武将が全員死んで、中国全土が平穏になる」以外の終わり方はあり得ない。また21世紀中華帝国が新たな皇帝を欲しているなら、思想的にのみ皇帝の機能を果たす事のできる者が適任である。中国における日本的ゲームの結果として中国共産党が変革を来すとしたら、「グレートゲームとテレビゲームを極めた者が中華帝国の皇帝となる」という事になるだろう。それを実現する限りにおいて、中国における刃物による殺傷事件は政治的に肯定的である。刀は国を斬るためのツールだ。

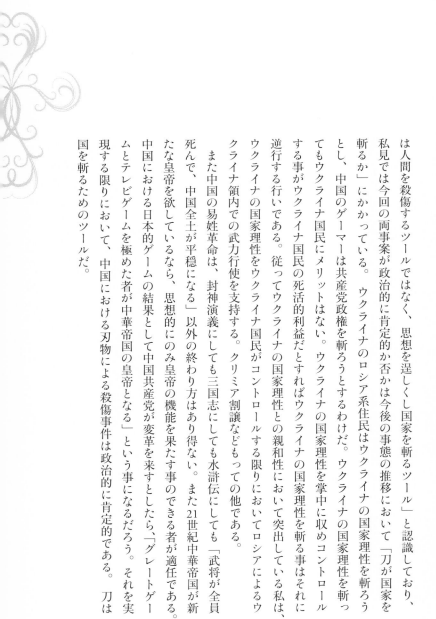

3月17日

ロシアのナチス的クリミア割譲は、投資家としての私にはマイナスだが、ストラテジストとしての私にはプラスである。「経済に対する思想の優位を確立する」というロシアの考え方・感じ方は正しい。ただ、第三者の口を利用した主に軍事方面の思想的気配りが絶望的に足りない。私は軍事力に関してこの『和刀・言の葉』と模造刀・鬼神丸国重しか保有しておらず、幸か不幸か「武力による威嚇」は物理的に不可能なのであり、ただ「イメージ・情報の武力の行使」によってのみ覇権を維持している。ロシアが私と同期しているなら、ロシア軍の投入をちらつかせたのは失策であった。そんな事をしなくてもウクライナはロシア戦略宇宙軍の射程圏内なのであり、一発ミサイルを試射すればそれで充分だった（実際試射したわけだが）。

プーチン大統領の勇み足はクリミアのロシア編入に禍根を残すだろう。具体的には手続きに関する欧米の反対を。つまりプーチン大統領はロシア戦略ミサイル宇宙軍を掌握していないのであり、「私」と彼の軍は理解し合い互いに戦略を戦わせる好敵手であり、私はロシア戦略ミサイル宇宙軍の行動を説明する責務を果たさねばならない。私がロシア戦略ミサイル宇宙軍に吹き飛ばされないように、「私」の自己保存のために。

3月23日

知識面でのみ大人である学生の実践的政治力発揮が実際の政治においては阻害要因になるしかない事を弁えない台湾の学生は、世界の学生の面汚しである。中国の天安門事件・パキスタンタリバン運動・日本の学生運動等を見よ。学生に許されているのは、「その知識と将来性を思想神アッラーに捧げる」という形の政治活動だけである。台湾総督府の即刻退去要求は圧倒的に正しい。

3月24日

エジプトでモルシ氏支持派500人余りに死刑判決が出たらしい。エジプト司法は、判決を受けた面々が権力志向型なのか良心に従ったのかよく見極めるべきだ。権力を志向してモルシ氏を支持したなら私の歴史的政治合理を敵に回したわけであり、死刑もやむを得ない。私は「モルシ氏は革命のデメリットを抱懐して消えていく役割を果たす事になる」ときちんと警告したからである。良心に従ってモルシ氏を支持したなら良心に従って回心すれば良く、死刑は行き過ぎである。エジプト司法は死刑囚らに個別の聞き取り調査を行い、無駄に死刑にするような暴挙は慎むべきだ。司法が革命の暴力を体現してはならない。

3月31日

国際司法裁判所で日本の調査捕鯨が違法と判示されたらしい。「調査捕鯨とはいえ、調査された方は肉片になってしまう」とする私の主張が入れられたようで安堵している。私＝潜水艦＝鯨なら私は日本によって調査されている鯨であり、痛くない腹を探られて肉片になるのは耐え難い苦痛であった。それを商業展開しているかどうかは法的問題として重要だが、政治的問題としては些末な問題である。繰り返しになるが、本質的問題は「鯨は人間事象が人格を読み込める程度には高等動物であり、その被害者感情を理解する人間事象（私）の感性が世界世論に浸透している」という事である。日本は歴史的政治合理を受け入れるべきだ。

4月2日

判決によれば「鯨を殺す事自体は条約違反ではない」「捕獲頭数は違法」という事らしい。日本の主張の問題は「調査捕鯨の目的が商業捕鯨である事」「そもそも捕鯨に関する罪悪感がない事」である。在日米大使・ケネディ氏が着任早々富山県だったかの入江で行われているイルカ漁に異議を唱えたのは記憶に新しいが、日本人は「盛り上がるなら人が死んでも良い」と考える民族であり、イルカやクジラが高等動物で苦痛を感じそしてその苦痛を人間事象が世界世論的に共有したとしても、日本人の行いは修正不能でありそこら辺は私も諦めている。

オーストラリアの捕鯨文化途絶の訴えに対して、捕鯨文化をギリギリ維持するだけの調査捕鯨を行う余地は残しつつも、日本の商業捕鯨に対してノーを突き付ける今回の判決は、よくよく考えれば素晴らしい判決であり私は重ねて支持する。捕鯨文化自体は人類史に残る文化遺産だが、日本で独自に発展した捕鯨文化を保護する必要はない。

4月7日

イスラエルとパレスチナが交渉決裂かというニュースがあったが、イスラエルはパレスチナの国家適格を認めた方がパレスチナの責任の所在がはっきりして交渉がやり易い事を理解すべきであるし、パレスチナは捕虜が釈放されない事の報復措置として国家適格の強化を行うのは公私混同である事を理解すべきだ。パレスチナ問題は結論から考える事が有益であろう。パレスチナ問題の結論が「二国家共存」である事は間違いないとすれば、パレスチナが準国家機構として様々な組織に申請を行う事は正しい事であり、イスラエルがパレスチナを空爆する事は違法で非人道的である。

歴史的そして思想的にはイスラエルは国家として成立したという事を以て満足しなければならない。イスラエルが中東の刀としての野心を披瀝する事がイスラエルの存在自体を否定する言説に繋がる事を理解できない程イスラエルは刀に疎いわけではあるまい。私見では荒れ地のライフラインを充実させるための入植地建設は人道的観点から合法的であるが、イスラエルがパレスチナにおける武力を手段とした領土的野心を逞しくする事は厳に慎まなければならないと考える。
エルサレムは三大宗教の共有地であるが、カトリックローマ教会はエルサレムの領有権を主張していない。その意味でイスラエルとパレスチナがこの現代においてエルサレムの帰属を云々するのは、ヤハウェ別名アッラーに対する涜神行為であると言わざるを得ない。私は次善の解決案として、エルサレム旧市街の技術的管理の観点から、エルサレム全域をイスラエルの管理下に置く事を提案したい。残念ながらパレスチナ自治政府には、エルサレム旧市街を保全する技術も財源もないからである。つまり現状維持だ。パレスチナは、エルサレムにこだわらず国家となるべきだ。

4月15日
ナイジェリアでの大規模テロを受けて、私はナイジェリアのテロリスト（ボコ・ハラムと推定）が対テロ戦争において挙げた名声に思いを致した。「アメリカにテロ組織認定される」という栄誉の事である。テロの犠牲者は自国の民主主義のために捧げられた犠牲と考えるべきで、対テロ戦争での犠牲者が多ければ多い程性急な民主化を経験していると言える。しかしその必要があるのかは甚だ疑問である。客観的物理的にテロは万国共通の事象でありそれを起点に機転を利かせて世界政治の枠組みを変えようとしたアメリカは上手くやったように見えて、アメリカ自身の覇権を食い潰し多くの人命を損耗し世界を名目上少しだけ民主化した。利益に見合わない代価を支払ったと言わざるを得ない。結果テロリストが覇権から認知され増長してしまった。

恐らくブッシュ元大統領は、自分が生きている内に「民主化された世界」が見たい、というひきつったエゴが根底にあったのだろう。それが「一度も侵略された事のない」アメリカに対する大規模テロで励起されてしまったのが、対テロ戦争の悲劇であり現実である。私見では本当の民主主義は自浄作用の手続保障に存する。戦争で名を挙げた政治家を引きずり降ろし醜いエゴを持たない真のステイツマンを見出だす事が、「地上に存在した全ての政治制度を除いて最低の制度」であるところの民主主義の本質である。それを援用すれば、テロリストは民主主義の敵として人口を減らす事を生業とする人々と定義され、テロリストに攻撃された犠牲者は自国の民主主義のための犠牲として（2回目）名を残す事になる。その最低限の名誉すらもブッシュ元大統領と（彼が肖像画に描いた）その一味は汚したのだ。今回のナイジェリアで起きた大規模テロの犠牲者の冥福を祈ります。

同日

プーチン大統領は明らかに、ウクライナに対するロシアの軍事行動の政治的影響力をコントロールする事を放棄している。もしくはロシアにとってのメリットしか見ていない。戦略ミサイル宇宙軍に関しては元よりその影響力をコントロール出来ていないが、通常兵力による威嚇を多用しておきながらそれに付随する政治的混乱について責任を取らない姿勢は、情勢を不安定にすると共にロシアの国家イメージを損なうものである。「一般通常人の判断で」クリミア割譲及び国境付近にロシア軍が展開する事によって、ウクライナ東部の分離独立派が増長する事は十分予見できた。ロシアはなぜ予見できなかったのか？あるいはなぜ対処しないのか？　答えは「ロシアは自分に酔っているから」である。

それは思想神アッラーを感得した事からくる酔いであり酒による酩酊のような原自行為ではないため刑法上の免責はない。客観的政治的な情勢分析をご破算にしてしまう神の存在によってその事象の政治的公正性の足かせとなる厄介な酔いである。ロシアは責任を持って可能な限りの原状回復義務を履行すべきである。そして思想的原状回復とは第一に、ロシアの精神を蝕んでいる思想神アッラーを世界精神に返上（プール）する事である。とはいえ私は、ロシア革命の狼煙であった「セバストポリの戦艦ポチョムキンの反乱」の発生を抑えるためのクリミア割譲はロシアにとって思想的に肯定的である事は認める。プーチン大統領の真の狙いは明らかにロシア革命再発の阻止である。

（私と同じように）ロシア革命史を読み過ぎたプーチン大統領が安眠するためには、今回のクリミア割譲が必要だったのである。だが現在のロシアに革命が起こるという考えが無軌道・無定見でなくて何なのか。プーチン大統領は、情報将校として行ったロシア革命史の分析を現状のロシアにそのまま適用する事（現実の9次元事象系を2次元で認識する事）

をやめるべきだ。またウクライナ政府は、ウクライナ東部の分離独立派の武力排除がロシア革命史に言う「オデッサの虐殺」と化す可能性もある事に留意すべきだ。それこそプーチンの思うツボである。ロシア革命が起きるなら、私は日本帝国陸軍情報士官として日露戦争を勝利に導く所存（ロシアに対する政治的威嚇）。

4月16日

ナイジェリアで今度は女子学生１００人が誘拐されたらしい。ボコ・ハラムは、私が「テロリストとは民主主義に敵対し人口を減らす事を生業にする」としたため、今度は女子学生を孕ませて人口を増やす魂胆のようである。いずれにしてもテロリストは「被害者の主観」を考えないのであり、政治家としても思想家としても失格だと言わざるを得ない。なお日本語で「ハラム（孕む）」というと「妊娠する」という意味であり、終に北アフリカにも日本語の魔の手が届いてしまった。まことに慚愧に堪えない。

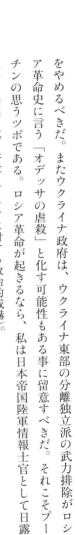

5月11日

南シナ海における中国の権益主張問題は、当該海域の呼称を「東南海」にする事が解決の糸口になると私は考える。ユーラシア・アジア大陸からすれば東南だが中国大陸から見れば南に位置する当該海域を「南シナ海」と呼称するから、中国が自分の庭みたいに考えてしまうのである。「東南アジア海域だから東南海」とする呼称は世界地理の観点から正当であり、中華思想のローポリティクスにおける顕現を抑える上で効果的である（そのスーパーハイポリティクスにおける顕現は私が司りコントロールしている）。

5月18日

中国とベトナムの領有権問題は、「どちらが被害者か」ではなく「そこに紛争がある」という視点から考えるべきである。この点、日本国憲法は「国際紛争を解決するための武力行使」を禁じているが、私は国際紛争を解決するためにしか武力行使はしない。というわけで、私は武力行使を行う。中国は主観的な認識を客観化できるという傲慢さを克服すべきだ。中国国内においても国際社会においても中国のスーパーハイポリティクスにおける認識を客観化する事は不可能かつ無意味な事である。古代・中世近代の理想を現代においてそのまま実践してはならない。

ベトナムは反中政策を打ち出すべきではない。外交政策に合理的に反対し、思想に感情的に反発しないようにすべきだ。アメリカの轍を踏む事はベトナム建国の理念に反する。

中国とベトナムとの紛争に必要なのは、オネストブローカーである。そして、毛沢東とホーチミンの世界史的思想における意義を承継した私なら、真に誠実な仲介を行える。私は東南海に権益を有していない。正確には、中越両国の国家理性の内に死活的利益を見いだし獲得した事象である。両国の国家理性が許容・推進する紛争なのか?という観点から見れば、建国の理念と経済合理に照らして断然「否」である。中国とベトナムは私が体現する国際信義に免じてしかるべき態度を取るべきだ。

5月21日

ボコ・ハラムは、自習を共有する形での私の世界的啓蒙活動に対して憤っているようである。ここで、ボコ・ハラムがテロに使用する高性能爆弾を製造するには、西欧の教育を受ける必要があると考える。首領のみがその知識を独占しているとしても、ボコ・ハラムのテロ実行犯が高性能爆弾の製造手法を首領から教わる事は「西欧の教育」ではないのか?それが「西欧の教育」ではないならば、私の啓蒙活動もむしろ「東洋の教育」であり、ボコ・ハラムのドクトリンに抵触しないと考える。とはいえそもそも高性能爆弾の製造法を知っている時点で「西欧の教育において落ちこぼれた者達による歪んだルサンチマン」がボコ・ハラムの基本理念であると断定されるが、もしボコ・ハラム構成員に良心があるなら「私の行動に対して自国での無差別テロで応戦する」という挙に出る事を慎むべきである。悔しかったらボコ・ハラムは、高性能爆弾ではなく北アフリカ伝来の刀剣で無差別テロをやり治安部隊に射殺されるべきだ。私はボコ・ハラムをも啓蒙する。

5月25日

アメリカで近日に起きた銃乱射事件は「恋人が出来ない」のが犯行の動機らしい。女子寮への襲撃も計画していたとか。彼の行動の思想的プロットは、明らかに対テロ戦争におけるアメリカである。

アルカイダからのアタックによって暴発したアメリカは、「運命の相手」を探してさ迷い世界政治において軍事力たる「銃」を乱射して、「女子寮」たる中東に自爆テロを敢行した。銃乱射犯人の行動とどこが違うのか。

同日

ＥＵの欧州議会選挙で極右勢力が一定の議席を獲得したようである。欧州市民が望んでいるのは「ＥＵ統合の内的要因の生成」であり「ＥＵの分裂」ではないと考える。ＥＵが統合原理を自己生成する手段として、有権者は「極右勢力躍進」を選択したのである。ＥＵ各国首脳やＥＵ首脳は慌てる事はない。

5月29日

私の政策目的はあくまで「世界政治の軌道修正」であって「世界政治の主導」ではない。20世紀覇権主体が覇権を放り出したのでその覇権を拾ってメンテナンスし次の覇権主体が取りに来るのを待つ。それが私がこの『言の葉』で許容される権力運用であり、それ以上の積極運用は法的・政治的な越権行為である。

その覇権保守機能に加えて私は、20世紀覇権主体が超法規的に私に贈った「世界政治の緊急停止装置の保守」「権力主体の生命維持装置の保守」という役割を引き続き果たしていきたい。私という個人がこの『言の葉』で行う事がその実効性を担保するからだ。具体的には問題となる権力主体の真意を見抜きながらひたすら勉強する事になる。21世紀覇権主体の登場まで、私は自分に与えられた役割を果たしながら覇権の象徴『和刀・言の葉』を護り保守する。その意味で私は預言者だ。

5月31日

朝鮮人慰安婦像がアメリカ・バージニア州フェアファックス市の市庁舎の前にお目見えしたらしい。直訳すると処女州公平性交市であり、大日本帝国への痛烈な皮肉になっているると共に、性犯罪大国である現在の韓国への皮肉にもなっている。二つの意味で撤去すべきでない。

6月26日

ABCナイトラインで、アメリカのテキサス発祥の「往来で銃を持ち歩く権利」を訴える団体について特集が組まれていた。イラク・アフガンでＰＴＳＤを患った元軍人らしい。テキサス州がライフル銃の携帯を許可していながらハンディガンの携帯を許可していない事は正しい。刀も一目でそれと分かるフォルムをしており、抜刀・斬撃までのタイムラグがあるからだ。ハンディガンはそうはいかない。この点刀の利点として忘れてはならないのは、「基本的にリーチ外には破壊力を及ぼせない事」である。帯刀者が抜刀したら逃げて警察を呼べば良いという意味で、比較的にレンジの長い銃とは一線を画する武器なのだ。刀のメインエフェクトは心理的思想的なものであり、物理的な殺傷力は使用者の指を斬ったり近しい者を斬るのが関の山である。

従って私が使った「刀状のキーホルダー」や「魔力の滞留を刀状に錬成した物」でも用は済むのである。

一点気になったのは、そのテキサス親父が「武装した精神障害者を抑えるには武装した健常者が必要」みたいな事を言っていた事だ。「自分が正義」「自分が健常者」と言える根拠はどこにあるのか？　根元的にアメリカに問われているのはソコである。「交戦的にアグレッシブになった場合、それは全て不正義と狂気を伴う」という現実を直視すべきだ。よって、客観的に交戦的でアグレッシブになる可能性が低くない「往来でハンディガンを携帯する権利」は心理的思想的理念であって現実的でない。アメリカが現実主義の国なら同権利は認めない事だ。ちなみに私は帯刀する権利は主張するが、日本国から実際に許可されても帯刀しないつもりである。「帯刀許可が出ているのに帯刀しない」という事の心理的思想的な効果は無限大だからだ。アメリカ市民が懸念する「銃で襲ってくる強盗」は、往来で襲ってくるのではないわけで、往来で銃を携帯する権利を擁護するファクターにはならない。擁護すると逆に必要性が生じてしまうので、同権は擁護してはならない。私は銃を携帯したいとは全く思わない。

7月5日
パレスチナがイスラエルと戦争するなら交戦状態の宣言から入るべきだ。国家理性の責任で武力を行使する旨を宣言し、非戦闘員を戦闘に巻き込まない意思を示すのだ。

7月9日
民間人を躊躇なく軍事攻撃するところを見ると、イスラエルは国家として不完全だと言わざるを得ない。パレスチナはイスラエルとばかり争っても完全な国家理性を具備する事はできないだろう。従って逆説的ではあるが、パレスチナは国家として独立できない。二国家共存案は、イスラエルの軍事的国家理性欠損によって、廃案とすべきだ。

9月7日

前述したように、ウクライナでは二つのイベントが同時進行中だ。イベント「ウクライナの暴君」は、19世紀的（自然の復元力を過信して搾取する）ロシアとの闘いであり、イベント「新冷戦」は、20世紀的（神の思想を抱懐した人間の愚行）ロシアとの闘いだ。私はコサックとソ連赤軍の思想を受け継ぐロシア赤軍が、今回のロシア危機を終息させる鍵になるべきだと考える。そう、これは「ロシア危機」なのだ。

21世紀的ロシアは、自然と共存し神を人間の精神の外に置く国家でなければならない。つまり刀遣いだ。21世紀ロシア赤軍は、ロシア国家に対立しロシアそのものと全く相容れない存在として、世界の必要悪と成らなければならない。新世紀ロシア赤軍がロシアから独立しても、私が思想的に護り支えよう。それは人類の科学的自浄作用・理性的人口コントロール政策・気候変動の遅効性特効薬たる核戦争の可能性を担保する「神の剣」だ。ロシア国家はその発射ボタンを押す事は出来てもコントロールは不能であり、現状は端的に危険だ。

私なら、私自身を思想的な主体かつ囮とする事で新生ロシア赤軍を内外から統御する事が出来る。ロシア国家は核ミサイル発射ボタンを「私」に預けるか、少なくとも「私」と共有すべきだ。「私」の了承なく発射ボタンが押される事もなく「私」の独断で発射ボタンが押される事もない状態が、現実的で次善のロシアの大戦略（グランドストラテジー）

だ。繰り返すが、21世紀的ロシアは自然と共存し神を人間の精神の外に置く国家でなければならない。「神の剣」の封印に「私」を一枚噛ませろと言っているわけだ。

9月12日

アメリカによるイスラム国への空爆について、シリア及びロシアが侵略だと非難したらしい。私は、武力による領域侵入を「侵略」と定義し、政治による領域侵入を「干渉」と定義し、思想による領域侵入を「参戦」と定義する。この点、シリアのイスラム国へのアメリカの武力行使は参戦属性が侵略属性を上回ると考える。従ってロシア及びシリアの批判は、参戦属性が退調しても尚アメリカが侵略行為を継続した場合に妥当すると言え、現時点ではタイミングと思想的現実の目測を誤った杓子定規な議論と言わなければならない。ロシアは、その杓子定規を今のロシアに当て嵌められたいのか？　それこそが思想的制裁に他ならないだろう。プーチン・ロシアが望むのは、私が志向する世界思想の横溢ではなく、いわゆる一国平和主義に他ならない。

9月17日

私の30年の人生を懸けた根回しが完成した。後は世界政治を切り回しつつ無難に暮らしていけば良い。今の子供が大人になった時、私の偉業が社会の表舞台に滲み出る仕組みだ。私に「具体的行動をしろ」という今の大人達が時間という大量破壊兵器で一掃された頃に、私の「行動」の真の意味が明らかとなる。謂わば「20世紀に大人になった者達」との思想的持久戦だ。私が20才になったのは2001年であり、私は「21世紀に大人になった者」の最初の世代に属するのだ。私の勝利まで大体あと15年はかかるだろう。

9月28日
ロシア・ラブロフ外相が、国連総会演説で「ウクライナは尊大な政策の犠牲となっている」と批判し、世界の失笑を買った（に違いない）。オマエんとこの政策だろ、それ。

10月17日
イラクで爆弾テロが頻発しているらしい。「事故った人格persona accidentelle」たるイスラム国の影響を排除すると、残りは大体においてオレのせいだ。イラクのテロリストは政治的強者に利用される事を肯じ得ないなら、テロ行為なんぞやらなければよい。政治的行為に手を染める事自体が、政治力の総力戦への参戦の狼煙であるわけで、それに参戦した以上、思想的にオレには勝てない仕様だ。イラクのテロリストは何がやりたいのか？人口を減らしたいというエコロジーとスポーツとしてのストレス解消という属性を丁寧に取り除くと、「オレの政治力に変なモノを混ぜてオレを倒す」が残ると思われる。

10月23日

カナダのオタワの国会議事堂で銃乱射事件があったらしい。オレには業務上過失致傷か殺人未遂罪幇助が課せられるべきだ。しかし、何故マスコミはオレについて一切報道しないのか？　なぜならオレを犯罪者として裁くためには、第三次イラク戦争に参加している全ての国の政治家を全員殺人罪教唆で訴追する必要があるからだ（それでもいいぞ、オレは）。イスラム国はオレのインフラから生まれた忌み子だ。オレは明らかにイスラム国とは別個のアクターだが、彼らを政治的に利用する権利がある。オレがイスラム国を乗っ取れば、事態も解決に近づくだろう。

10月31日

イスラエルの警官がパレスチナ市民を銃で殺害したらしい。パレスチナ自治政府としては、「宣戦布告に等しい」などと息を巻かず、「単なるプライベートな偶発的事件だ」として政治的に取り合わないのが正しいスタンスだ。パレスチナ市民はみんな疲れている。「また戦争か、いい加減にしろ」と思っているのは自明だ。アッバス辞めろ。

11月8日

エジプトの反政府デモは、基本的に強制解散で間違いない。とはいえデモを鎮圧するのに死傷者を出すのは、エジプトにとって良い事ではない。軍部のエゴが固定化するからな。反政府デモを軍部のエゴのキャンセル・昇華に活用すべきなのは当然である。

2015年

1月29日

ヒズボラがイスラエル軍を砲撃し、国連平和維持軍にも死者が出たらしい。国連平和維持軍は私によって鍛え上げられた思想戦用特殊部隊であり、それに対する攻撃は思想戦の放棄に他ならない。ヒズボラから思想戦を取ったらテロ組織しか残らないんじゃないのか。

五、進化の果て

1月30日

地球圏グローカル情報統合思念体ヒューマノイドインターフェイス＝『私』は地球人類としての進化限界だ。「オレ」は日本ローカル情報統合思念体に仕える日本人であるが、要するに私は「オレ」を調伏・使役したことで日本人としての進化限界を超えてしまったのだ。

2月3日

日本ローカル情報統合思念体ヒューマノイドインターフェイスが地球圏グローカル情報統合思念体にダイレクトでアクセスする事は禁じられている。情報をフィードバックしてもリスクを回収出来ないからだ。私が地球圏グローカル情報統合思念体を管理出来ているのは情報をフィードバックするだけでなくリスクも管理しているからだ。直截に言えば、地球圏グローカル情報統合思念体にとって日本ローカル情報統合思念体ヒューマノイドインターフェイスはウィルスみたいなものだ。別種の情報統合思念体同士は敵対しないが、別種の情報統合思念体ヒューマノイドインターフェイス同士は結局分かり合えない。危険な情報を敵意を以てアップするのはテロリズムだ。

2月16日

日本ローカル情報統合思念体ヒューマノイドインターフェースによるグローカル情報統合思念体へのダイレクトアクセスを禁止する。

日本ローカル情報統合思念体ヒューマノイドインターフェースによる地球圏グローカル情報統合思念体ヒューマノイドインターフェースへのダイレクトアクセスを許可する。

3月11日

矮小な自我を全てに優越させる狂気、政治的主体である事を自覚せず政治活動を行う事、戦争を煽っておいて責任を取らない無責任さ、戦時と平時の区別が出来ない愚かさ、思想的精髄を簡単に忘却する薄情さ。人道に外れる犯罪的な民族だ。やはり日本人は「歴史上かつて存在していた民族」になるべきであって「現に存在している民族」であるべきではない。日本人は想像上の生き物だ。

3月12日

「何がしたいのか」という声を頂いた。次善の政治合理の結果として生起したこの平和を謳歌したいだけだ。

付　著作権について

私は、あるアイデアの「使用・宣伝・保存」の三態様を備え、具体的には「原著作者に政治的便宜を図る・原著作者に経済的損失を与えない・原著作者の望まない加工を加えない」事を生得あるいは合理的思考によって配慮できる者による剽窃を、オマージュと認定する。

合理的思考により同じ論理的命題に達し実践・思考実験を通じてさらに理論的に発展させる事は研究者としての職業倫理の一環かつライフワークであり、人類の英知として共有されるべき政治的アイデアを協働でイノベーションする事は著作権以上に重要な基本的人権（=人格的生存に不可欠な権利）である。

本文中、日本国の現行法と照らし合わせてそぐわない表現が一部ございますが、犯罪行為を教唆するものではございません。また、実在の人物や団体などとは関係ありません。(編集部)

左 : 和刀・言の葉（オリジナルのアクセサリー兼ペーパーナイフ）
1 柄・大和撫子 : 基本技を必殺技に昇華
/ 十戒の奇数（1 軍事 +9 戦争）×（3 研究 +7 魔法）/ 極まった科学
2 刀身・Arm-ana : キリスト教セゴビア派
/ 十戒の偶数（2 経済 +8 政治）×（4 労働 +6 信仰）/ 逆らえない力学
3 鞘・戦乙女 : 九つの太陽を撃ち落とす神武不殺
/ 十戒の 5 の倍数（5 恋愛× 10 神）/ 数学的運命
4 鈴・采《ダイス》: 60466176通りの対照実験
/ 十戒の余白（11 鬼× 12 チート）/ オラクル、GM 管理者権限
5 帯・1/0 : 女性至上主義
/ 十戒の外（13 励起）/ 交戦団体「日本 2030」建国

著者　巫山戯瑠奈　（ふざけ るな）

経歴
〜 10 才 : 心に十徳ナイフを鍛造
〜 20 才 : 量子論的恋愛を謳歌
〜 30 才 : 存在量化子ョを導出、二刀を装備
〜 40 才 : 実戦投入、宿敵を打倒
〜 50 才 : 嫁の夫、神の子の父

佩用二刀

右 : 懐剣・備前長船助定（室町時代の作で母の形見。明治時代、黒田男爵家から野崎男爵家への嫁入り道具）

黒田久孝 : 宇多源氏の流れを汲む福岡黒田氏の分流で水戸の武士の家系（家紋は曲藤）。陸軍士官学校次長・参謀本部海防局長・砲兵会議議長・東京湾要塞司令官・陸軍中将・東宮武官長を歴任。の娘
×
野崎貞澄 : 平家の流れを汲む薩摩の上級武士の家系（家紋は揚羽蝶）。仙台 / 熊本 / 広島鎮台・将校学校監・留守近衛師団長・陸軍中将を歴任。の息子

[著者]
巫山戯瑠奈（ふざけ・るな）
慶應義塾大学法学部政治学科卒業
嫁の夫

CKOY《こい》する世界《せかい》 男心《おとこごころ》と秋《あき》の空《そら》

2020年8月2日　第1刷発行

著　者　巫山戯瑠奈
発行人　久保田貴幸

発行元　株式会社 幻冬舎メディアコンサルティング
〒151-0051　東京都渋谷区千駄ヶ谷4-9-7
電話　03-5411-6440（編集）

発売元　株式会社 幻冬舎
〒151-0051　東京都渋谷区千駄ヶ谷4-9-7
電話　03-5411-6222（営業）

印刷・製本　中央精版印刷株式会社
装　丁　沖　恵子

検印廃止

Printed in Japan
ISBN 978-4-344-92955-5 C0095
幻冬舎メディアコンサルティング HP
http://www.gentosha-mc.com/